神奈川県警「ヲタク」担当
細川春菜7　哀愁のウルトラセブン

鳴 神 響 一

幻冬舎文庫

神奈川県警

「ヲタク」担当　細川春菜

7

哀愁のウルトラセブン

目次

主要登場人物

細川春菜——神奈川県警刑事部刑事総務課捜査指揮・支援センターの専門捜査支援班に所属する巡査部長。三〇歳、身長一五二センチで、時に女子高生に見間違えられるほどの童顔。富山県砺波市の実家は庄川温泉郷の旅館「舟戸屋」。

浅野康長——刑事部捜査一課強行七係主任、警部補。四〇歳くらい。筋肉質で長身。バツイチ。

赤松富祐——専門捜査支援班班長、警部補。経済・経営・法学系担当。

尼子隆久——専門捜査支援班、巡査部長。人文・社会学系担当。

大友正繁——専門捜査支援班、巡査部長。工学系担当。

葛西信史——専門捜査支援班、巡査部長。理・医・薬学系担当。

相木昌信——『電撃ミラクルレンジャー』特技監督。

第一章　ミクラスの恨み

1

七月のある月曜日、細川春菜《ほそかわはるな》は昼食後のわずかなコーヒータイムを楽しもうとしていた。

珍しくゆとりのある午後だった。

いま抱えている困難な案件はほとんどなかった。おまけに上司の赤松富祐《あかまつとみひろ》班長は急な用件で霞が関の警察庁に出張していた。

さらにやっかいな同僚たちは昼食に出ていた。

庁舎内の販売機のコーヒーは決して美味《おい》しいとは思えない。

赤松班長はコーヒーにこだわりがあるので、班専用のコーヒーメーカーを置いている。

春菜たち班のメンバーは自由に飲んでよいと言われていたが、ふだんはなかなか手を出しにくかった。

昼前にコーヒーを八杯分ほど淹《い》れたのに、赤松はほとんど飲まずに出張に出た。

今日は帰らないと言って出ていったので、部下たちはそれぞれに自分のカップで飲んでいた。

ついでだから春菜も一杯頂くことにした。

自分の白いカップに八分目ほど注《つ》いで、春菜はリキッド状のクリームを注《そそ》いだ。

白いクリームがマーブル状に渦を巻くようすを、春菜はぼーっと眺めていた。

渦巻く模様のゆっくりとした動きが、春菜は意味なく好きだった。

そのときエレベーターホールから三人のスーツ姿の男が入ってきた。

珍しくコンビニのレジ袋を手に手に提げている。

どうやら行きつけの飲食店が臨時休業だったようだ。

「おやっ、春菜さん、こりゃあスゴいですな」

近づいてきたキツネ顔の男が嬉しそうに叫び声を上げた。

尼子《あまご》隆久《たかひさ》巡査部長。人文・社会学系の学者を担当している。

「どうしたんですかぁ」

続いて入ってきたイタチ顔の男が素っ頓狂な声を出した。

大友正繁《おおともまさしげ》巡査部長は工学系の学者を担当する。

「ご覧なさい、細川氏のコーヒークリームを！」

春菜のカップを指さして尼子は大仰に叫んだ。

なにを見つけたというのだろう。

もちろんラテアートなどではない。

ただのブラックコーヒーとクリームの組み合わせが描く渦巻きに過ぎない。

「いやいや、マーベラス！　これはフルイドアートではないですかぁ」

尼子に負けぬ大きな声で大友は叫んだ。

「いやぁ、フルイドアートは最近流行《はや》っていますからねぇ」

タヌキ顔の男がのんびりとした声を出した。

葛西信史《かさいのぶふみ》巡査部長。理・医・薬学系の学者と医師等の担当だ。

「フルイドアートってなんですか」

春菜はその言葉は知らなかったが、どうせロクな話ではあるまい。

うんざりしつつ春菜は訊いた。

「またまたトボケちゃってぇ」

尼子は破顔して言った。

「まことに能ある鷹は爪を隠すですなぁ」

ニヤニヤしながら、大友が追い打ちを掛けた。

「ほんとに知らないんですよ。教えてください」

いらだちを隠さずに春菜は訊いた。

「絵の具の流動性を利用して制作された芸術作品のことです。英語の本来の読み方はフルーイッドアートなんですが、日本ではおもにフルイドアートと呼ばれています。いま、世界中のアーティスト達が夢中になっているので、今後はますますすぐれた作品が生まれると思います」

葛西はまじめな顔を作って説明した。

「これからのアートに目をつけるところはさすがは春菜嬢ですねぇん」

大友が妙な褒め方をした。

「絵の具の流動性を利用するアートなんですよね」

春菜は大友を無視して葛西に念を押した。

「アクリルフルイドアート、アルコールインクアート、レジンアートなど使用する画材によって、区分されます」

葛西はスマホの画面をいくつか見せた。

色とりどりのアブストラクトや砂浜を洗う波を描いた作品などが次々に現れた。

「細川氏はフルイドアートにおける、モノトーンの表現に挑戦しているわけですな」

尼子がにやにや笑って言った。

アクリルもアルコールインクもレジンも華やかな色彩に満ちている。

コーヒーにクリームというようなモノトーンは見られない。

「さすがですなぁ。フルイドアートのパイオニアになろうというわけですか」

葛西も調子に乗ってきた。

どうして尼子、大友、葛西の三人は、こんなに素早く結託するのだろうか。

おかずを名画にたとえるなどの弁当イジリを春菜は何度もされてきた。

アブストラクトに見えるような弁当を持ってこないなど春菜は防御の手段を考えてきた。

最近、突っ込みどころのない尼子は、新手の作戦を考えたようだ。

どうせこの三人は「教養ヲタク」だ。こうして春菜に教養がないことをからかっているのだ。

春菜は神奈川県警刑事部刑事総務課捜査指揮・支援センターの専門捜査支援班に所属している。

各分野の研究者などの専門家から捜査に有益な専門知識を収集する職務を担当するセクシ

ョンだった。

刑事部の各課や捜査本部、所轄刑事課などで別々に問い合わせていた内容を、現在はこの班のメンバーが専門家に照会している。

それぞれに大学院などで専門知識を修めた同僚たちは変人ばかりだ。

ちなみに赤松班長は経済・経営・法学系の学者を担当しているが、春菜にはなんの専門知識もない。もちろん、大学院で学んだ経験もなかった。

春菜がなぜこの係に配属されたかは、二年以上経ったいまさえ本人にもわからない。

おそらくは、春菜が担当するのが学者などではなく、登録捜査協力員だからであろう。登録捜査協力員は捜査に協力する意志のある一般の神奈川県民に、あらかじめ登録してもらっておく。専門捜査支援班で必要と判断したときに、捜査協力員が持つ広範な知識から情報を収集するという趣旨で設けられた。

だが、捜査協力員の実態は、各分野のヲタクなのだった。幅広い分野にまたがる彼らの知識に対応できる者は警察内部にはいないはずだ。

いままでの捜査でも捜査協力員の情報が事件解決への大きな鍵となったことは少なくない。

だが、春菜の前任者はヲタク相手の仕事に耐えられなくなって警察官を辞めたのだ。

自分が続けていけるかどうか、もう不安を抱えていないと言えば嘘になる。

逆にこんなイジリには慣れっこになっていた。

「春菜嬢は、やはり我らが専門捜査支援班の誇りですねぇ」

まったくこころにもないことを大友は平気で口にしている。

「わたしはモノトーンの表現を試みてみたいのです」

開き直って春菜は答えた。

異動したてのウブな頃とは違って反撃くらいできる。

自分を舐めてもらっては困る。

三人は顔を見合わせた。

本当はフルイドアートのことなどはまったくわからなかった。が、三人に呑み込まれないような答えは返せるようになってきた。

「モノトーンの表現を試みる……」

尼子がぼんやりと春菜の言葉をなぞった。

「色ではないと思うんです。色で幻惑する必要はないと思います。あえて色を抑えてかたちのおもしろさを研究してみたいんです」

自分でもこんな口からでまかせがよく出てくるようになったとあきれる。

二年以上にわたって、三人に鍛えられたためだろうか。

「偶発的な形象に着目しているというわけですか」

葛西が目を見開いて訊いた。

春菜はしっかりとうなずいた。

三人は気まずそうに黙った。

ふと、エレベーターホールを見ると、ベージュのスーツを着た長身の男がこちらに歩いてくる。

同じ刑事部で捜査一課の浅野《あさの》康長《やすなが》警部補だ。

右手に紙袋を提げてのんびりした表情で専門捜査支援班の島に近づいてくる。

このフロアに康長が現れるということは、捜査一課が扱う重大事件が発生して捜査協力員に協力を求めたいに違いない。

捜査一課強行七係主任の康長は優秀な刑事だが、とてもおだやかな性格だった。

春菜は康長とバディを組むかたちで働くことが少なくない。

ベテラン刑事の康長は、重大事件を抱えているような真剣な顔つきは見せていない。まるで遊びにきたようだ。

春菜は頭のなかで、ここしばらく報道されていた県内の事件を思い浮かべていた。

「浅野さん、お疲れさまです」

春菜はさっと立ち上がって、元気よくあいさつした。

康長のおかげで、この厄介そのものの同僚との会話が打ち切れる。

それ以上に、この建物から外へ出られる可能性が高いのだ。

「おお、細川、元気そうだな」

明るい顔で、康長は声を掛けてきた。

「おかげさまで、無事に昼食は取れました」

微妙な答えを春菜が返すと、康長はあいまいに笑った。

「話があるんだが」

康長は真剣な顔に戻って言った。

「班長の椅子が空いてますよ」

尼子が平然と答えた。

「いや、しかし……」

さすがに康長も班長の椅子を使うのは気が引けるらしい。

「班長は戻りませんから」

葛西がのんびりとした声を出した。

「気にしなくていいですよん。班長は浅野さんには頭が上がらないんです。減るもんじゃなし」

大友は気楽な調子で言った。

「そうか、じゃ、席借りるぞ」

康長は赤松の椅子にどっかと座った。

「ええ、ご遠慮なくどうぞぉ」

代表して大友が答えた。

「ほい、みんなこれ飲めよ」

紙袋のなかから、康長は四本のペットボトルの緑茶を取り出した。

かつて春菜がこのフロアの給茶機の茶がまずいと言ったら、それから康長はペットボトルの緑茶を、春菜へのお土産に持ってきてくれる。最近は同僚たちの分も適当に買ってくる。

「ありがとうございます。わたし、お湯呑み用意してきますね」

春菜は廊下の奥の給湯室に走った。

それぞれが座っている席のデスクに春菜が湯呑みを置くと、大友と葛西が全員の分を注いでくれた。

みんなが緑茶に口をつけると、康長がゆっくりと話し始めた。

「さて、俺がここへ来た理由はもうわかっているだろう」

「春菜嬢の出番ですね」

大友が嬉しそうに言った。

「そういうことだ」

やわらかい声で康長は答えた。

「事件ですか」

春菜は思わず訊いた。

「なにが起きたんですかねぇ」

大友は興味深げに訊いた。

「うん、コロシだ」

康長はさらりと言ってのけた。

「そうこなくっちゃねぇ」

我が意を得たりとばかりに、大友が言った。

「なんだ、大友、殺人事件を喜んでるのか」

康長はあきれ声を出した。

「いや、人が死んで嬉しいはずはないですよん。でもね、せっかく我が専門捜査支援班のエース、細川春菜嬢が登壇するのに、かっぱらいやケンカみたいな事件じゃ役不足でしょう」

弾んだ声で大友は言った。

「大友氏はずいぶんと細川氏を買ってるんだねぇ」

尼子が笑い混じりに言った。

「そりゃそうですよ。春菜嬢は複雑怪奇な事件をいくつも解決に導いたんですからねぇ」

まんざら冗談でもなさそうに大友は言った。

「い、いえ……班の皆さんや捜査協力員さんたちの情報提供のおかげです」

春菜はとまどいながら言った。

大友の言葉は大げさに聞こえる。春菜はヒントを出したに過ぎない。事件が解決できたのは多分に運による部分が多い。

「俺も細川にはいつも助けられている。感謝してる。だから、今日もここへ来てるんだ」

康長は春菜の顔を見ながらまじめな顔で言った。

「それでどんな事件でしょうか」

照れて春菜は訊いた。

「うん、実は七月七日の木曜日に相模原市の《さがみ湖リゾートプレジャーフォレスト》で起きた事件だ」

ゆっくりと康長は話し始めた。

「ああ、むかしの《さがみ湖ピクニックランド》ですな。自然に親しむことをコンセプトとしたレジャーランドで、遊園地やキャンプ場、バーベキュー場などがあったと思います」

すかさず大友が相づちを打った。

「相当に広い施設らしいな。現場は施設西側の第一駐車場南の空地だ。で、事件当日、現場ではサクラテレビ系の『電撃ミラクルレンジャー』という子ども向け特撮番組のロケが行われていた……」

康長の言葉を葛西の声がさえぎった。

「え！　『電撃ミラクルレンジャー』ですか」

「なんだ、葛西。知っているのか」

驚いた声で康長は訊いた。

「ええ、まぁ……」

言葉を濁して葛西はうつむいた。

「俺はあまり詳しいことはわからんのだが、特撮作品は、本編チームと特撮チームに分かれて撮影が行われているようだ」

康長は手帳をひろげて説明した。

「なんですか、それ？」

尼子が首を傾げた。

「本編とは、古い時代にはテレビに対して劇場用映画を指す場合もあったようです。でも、特撮では俳優の芝居を撮るグループを言うのです。これに対して、特撮班は文字通りミニチュアなどで映像を撮るチームを言います。ちなみに本編チームと特撮チームには、それぞれ監督がいます。近年の特撮はミニチュアとCGの両方を使うのがふつうですが、CGはまた別のデジタルグループの作業になります」

真剣な顔つきで葛西は説明した。

「いまの特撮ってのは、みんなCGなんじゃないんですかぁ？」

大友が葛西の顔を見て訊いた。

「いいえ、そんなことはありません。たしかにCGを用いたVFXは圧倒的に増えています。ですが、ミニチュアなどのSFXはいまでも現役なんですよ」

言葉に力を込めて葛西は言った。

「わたしにはSFXとかVFXとかの言葉がよくわからんのだがね」

尼子がまじめな顔で訊いた。

春菜は、この二つの言葉を映画のエンドロールなどで見かけていた。だが、よくわからないのは尼子と一緒だった。

「特撮つまり特殊撮影は、“special effects”略してSFXと呼ばれます。これは特殊な視覚効果によって現実には起こり得ないことの映像を作り出す技術を言います。おもに美術や舞台装置を使う技術……特殊メイク、着ぐるみ、ミニチュア、ワイヤー、火薬などを使うものがあります。また、撮影技術や光学処理……ブルーバック撮影、光学合成、高速・微速度撮影、ストップモーション・アニメーションなどがあります。これらの技法を組み合わせて使うことが一般的です。さらに一九八〇年代からはCGを中心としたデジタル処理による技法が進化してゆきました。これを“visual effects”略してVFXと称しております」

葛西はすらすらと説明した。

「すると、VFXというのはSFXの部分集合に当たるわけか」

あいまいな顔つきで尼子が訊いた。

「本来的にはそういうことです。ですが、VFXは一般的には撮影後の作業……ポストプロダクション時に行われます。この点、いわばアナログSFXは撮影時に行われるもので、制作上効果を掛ける時期が違います。当然ながらSFXはCG、いやコンピュータが発明されるずっと前から存在しています。しかし現在のSFXはCGが圧倒的になっています。そこで、VFX以外をSFXと呼ぶこともあります。そもそも正確な定義がある言葉ではありませんので、使われ方に多少の揺れがあります」

葛西の説明で、春菜もようやくＳＦＸやＶＦＸという言葉の意味がわかってきた。

「へぇ、葛西は詳しいんだな」

驚いたように康長は言った。

「まぁ、僕はアニメも好きですが、特撮も嫌いじゃないんです」

はっきりとした口調で葛西は言った。

「そうか、葛西は特撮ヲタクなのか。それはラッキーだな」

明るい声で康長は葛西の顔を見た。

「いやいや、ちょっと好きなだけです。決してヲタクというほど詳しい知識を持っているわけではありません」

顔の前で手を振って葛西はあわてたように言った。

「まぁ、謙遜するな。アニメ聖地の事件じゃ葛西に世話になったよな。期待してるぞ」

葛西の肩をポンと叩いて康長は言った。

春菜にはじゅうぶん納得できる話だった。

根府川《ねぶかわ》のレンタルコテージで会社員が殺された事件で、葛西は現場に同行し密室の謎を解いてくれた。そればかりではなく、『ラブライブ！』などのアニメ聖地についての知識をずいぶんと教えてくれた。

しかし、話題は事件からどんどんそれてゆく。

康長が引き締まった顔に変わって口を開いた。

「被害者《マルガイ》はこの番組の特技監督を務めていた相木《あいき》昌信《まさのぶ》という男性だ。かつての所属はアイスタッフという会社だったが、現在はフリーだ。年齢は五九歳。事件が起きたときに、彼は『電撃ミラクルレンジャー』の本編撮影の最初のロケに立ち会っていた。本編監督は延原光《のぶはらこう》太郎《たろう》という人物だったが、相木監督は初撮影を見て俳優たちの演技を確認しようと考えていたんだ。それで、七日の午後四時過ぎだ。撮影に使っていたカメラクレーンがいきなり誤作動をして、アームが少し離れたところにいた相木監督の頭上に振り下ろされた。相木監督は頭部に打撃を受け、相模原市内の病院に救急搬送されたが、病院に到着した時点で死亡していた。死因は多発外傷による外傷性ショックだ。この時点では事故と思量されていたが……」

康長は眉間にしわを刻んだ。

「事故ではなかったのですね」

春菜が念を押すように訊くと、康長は暗い顔でうなずいた。

「ああ、凶器となったカメラクレーンはコンピュータ制御タイプだった。本部のサイバー犯罪捜査課で解析したところ、コントロールプログラムへのＷｉ‐Ｆｉ経由のクラッキングの痕跡があった。本部刑事部では事件性ありと判断した」

康長は静かな声で言った。

「本当ですか」

春菜は驚きの声を上げた。

「そうだよ、相木はクラッカーによって殺されたんだ」

渋い顔で康長はうなずいた。

「で、浅野さんも捜査に参戦なさったわけですかぁ」

大友は身を乗り出して訊いた。

「ああ、七月一一日に相模原警察署に捜査本部《チヨウバ》が立って、俺たちも呼ばれた。だが、捜査は難航している。現場には遠巻きに撮影を見物する野次馬というか見学者も少なくなかった。だが、地取り班は不審人物を目撃した者は見つけていない。さらに、鑑取り班は相木監督の人間関係を調べている。仕事にはある程度は厳しい人物だったようだが、スタッフなどにとくに恨んでいる人物は浮かんできていない。また、相木監督自身は仕事一途な人間で、女性関係などに問題はなかった。事件から半月以上経ったが、捜査は暗礁に乗り上げている」

苦い顔で、康長は説明した。

「それで、浅野さんはうちの班にどうしてお見えなんですか」

尼子は康長の顔を見ながら尋ねた。

春菜も詳しいことを訊きたかった。

「それがな……現場にこれが落ちていた」

康長は証拠収集用のポリ袋に入っているものを、その場の全員の前に掲げた。

薬のアンプルのような形をした緑色樹脂の小さなボトルだった。

「なんですか、これ？」

春菜にはなににに使うものかさっぱりわからなかった。

「葛西にはわからないか？」

おもしろそうに康長は葛西の顔を見た。

「ああ、見たことがある……こんなのが『ウルトラセブン』に出てきたような……」

証拠品を凝視していた葛西は、天井を仰いだ。

「そうだ、『ウルトラセブン』に出てくるヤツだ」

康長の声は弾んだ。

春菜は『ウルトラセブン』の名は知っていた。

郷里富山の庄川《しょうがわ》温泉郷で母と一緒に温泉旅館《舟戸屋《ふなどや》》を営んでいる父は、幼い頃に『ウルトラマン』や『ウルトラセブン』を見ていた世代で、テレビのウルトラ特番を見て興じていた。

小学校の頃に父と一緒に特番を見ていた春菜は、ぼんやりとその名を覚えていたのだ。

詳しいことは五月に公開されて話題となった『シン・ウルトラマン』がらみの報道で知った。

だが、子どもの頃から特撮ものにはあまり興味がなかった。

「わかりました！　カプセル怪獣のカプセルのレプリカですね」

いくぶんはしゃいだ声で葛西は言った。

「おお、正解！」

康長が葛西を指さしてちいさく叫んだ。

「なんです、それ？　カプセル怪獣ってのは？」

大友がけげんな顔で訊いた。

さすがの教養ヲタクの大友も特撮ものには知識がないようだ。

「いくつかの創作に登場するんですよ。でも、『ウルトラセブン』が発祥じゃないかな……。正確にはわからないけど、セブンの設定で話しますね。変身ヒーローであるウルトラセブンはモロボシ・ダンがウルトラアイというメガネのようなアイテムを目に装着することで変身できます。ところが、セブンがなんらかの理由で変身できないときなどに、代わって怪獣や宇宙人と戦う正義の怪獣がカプセル怪獣です。ふだんダンはこの証拠物のような小さなカプセルを五本くらいケースに収納して携帯しています。いざというときに、ダンがカプセルを取り出して投げると数十メートルに巨大化するんです」

淡々と葛西は説明した。

春菜はいまひとつイメージしきれなかった。

「へぇ、便利な味方なんですな。ポケットに入る怪獣ですか。初めて聞きましたよ」

大友はからかい半分に突っ込みを入れた。

「哲学やら物理学やら音楽、美術と、なにかと詳しい大友さんでもご存じなかったんですか」

負けじと葛西も皮肉っぽい声を出した。

「ええ、あたくしは『ウルトラセブン』そのものをよく知りませんからねぇ。知っているのは、あの銀色と赤の着ぐるみのウルトラセブンが怪獣と戦う姿くらいですね」

葛西の言葉は無視して、平気な顔で大友は答えた。

「わたしもよく知りません。教えてください」

春菜も少しは知識を得なければと思って葛西に訊いた。

「わたしはどちらかと言うと仮面ライダーもののほうが好きでして、『ウルトラセブン』のことはあまり詳しくないんですが……昭和四〇年代の大人気特撮ドラマなのです。『ウルトラQ』と『ウルトラマン』の大成功で勢いづくTBSと円谷《つぶらや》プロが三番目の勝負作として世に出したシリーズです。一九六七年の一〇月から一年弱、毎週日曜日の午後七時から三〇分間、TBS系列で放映されて当時の子どもたちには大人気でした。『ウルトラQ』や『ウルトラマン』と相まって、日本中に空前の怪獣ブームを巻き起こしたのです」

言葉に力を込めて葛西は言い切った。

「そのヒーローがウルトラセブンというわけだな」

さして興味がなさそうな口調で尼子が訊いた。

「そうです。ウルトラセブンはウルトラマンと同じくM78星雲から地球にやって来た宇宙人という設定です。額から発するエメリウム光線、腕から放たれるワイドショットなどの光線技に加え、頭部のアイスラッガーで敵を倒します。身長は四〇メートルですが、人間と同じ大きさにミクロ化できます。ふだんは地球人のモロボシ・ダンとして生活していますが、いざとなるとウルトラアイを装着してセブンに変身し、地球を侵略しようとする宇宙人や怪獣と戦うストーリーです」

葛西は張りのある声で答えた。

「いわゆる怪獣ものなのか」

尼子はぽかんとした顔で訊いた。彼もよくは知らないようだ。

「たしかに『ウルトラセブン』には、怪獣と戦うために、地球防衛軍に所属するウルトラ警備隊が設定されていました。モロボシ・ダンは、その隊員の一人です。この組織は『ウルトラマン』の科学特別捜査隊よりもしっかり描かれていました。怪獣と戦うためにウルトラホーク1・2・3号の攻撃機やポインターと名づけられた高性能水陸両用車両、マグマライザーという地底戦車などの専用兵器を備えています。ですが『ウルトラマン』とは異なり、敵は怪獣そのものというより怪獣を使嗾《しそう》する宇宙人です。宇宙人が巨大化して襲いかかり、怪獣が出てこない回もあります」

はっきりとした口調で葛西は答えた。

「いまに続いているウルトラものの元祖のひとつだから、ヒットしたのだろうな」

康長が訊くと、葛西は力強くうなずいた。

「はい、ヒットしました。最高視聴率は三三・八％となり、森次晃嗣《もりつぐこうじ》さんが演ずるヒーローのモロボシ・ダン……ウルトラセブンの変身前の姿ですね。それから、ウルトラ警備隊の紅一点、菱見百合子《ひしみゆりこ》さんが演ずる友里《ゆり》アンヌ隊員は大人気になりました。とくにアンヌ隊員は当時の子どもたち、とくに男子のこころを鷲づかみにしました。いま六〇歳前後の男性でアンヌ隊員を覚えていない人は少ないのではないでしょうか。現在はひし美ゆり子さんと名乗っていらっしゃいますが、いまでもファンが大勢いるほどです。イベントなどにも登場されていましたが、写真集の復刊やネットでの紹介投稿が増えて密かに人気が再燃しているとも言われています」

なんとなくにやけた顔で葛西は答えたが、彼が生まれたのよりはるかむかしの話だ。ひし美ゆり子という女優もすでに七〇代になっているはずだ。

「そうだったのか」

康長は驚きの声を上げた。

「時代が違いますので単純には比較できませんが、現在はNHKの大河ドラマが一〇%台で推移しています。ところが『ウルトラマン』は、最高視聴率四二・八%を記録するほどの人気番組でした」

まるで自分のことのように葛西は誇らしげな声を出した。

「そりゃスゴい」

康長は素直に驚いている。

「以降、連綿とウルトラシリーズは作られています。現在ではウルトラヒーローは五〇人を超えます。最新作は二〇二二年の『ウルトラマンデッカー』です」

葛西の言葉に熱がこもってきた。

「昭和四〇年代となると半世紀以上むかしのドラマじゃないか。現代では多くの人が忘れてしまっているんじゃないのかね」

まじめな顔で尼子は尋ねた。

「とんでもないです。現代でも『ウルトラセブン』のファンは決して少なくはありません。たまたま観た番組なのですが、NHK BSプレミアムで二〇二二年九月一〇日に放送された『発表！ 全ウルトラマン大投票』という番組では、ウルトラヒーロー、ウルトラ怪獣、ウルトラメカの三部門で投票が実施されました。投票総数は三五万票を超えました。ヒーロー部門での一位は一九九六年に放映された『ウルトラマンティガ』でしたが、二位はなんと『ウルトラセブン』だったのです」

葛西の言葉は力強く響いた。

「そうなのか！」

康長は目を見開いた。

「アニメと並んで特撮もまた、日本が世界に誇る文化です。日本の特撮創成期の嚆矢《こうし》のひとつとも言える『ウルトラセブン』を愛する人々は少なくありません。円谷プロダクションは東宝とともに今年の五月には『シン・ウルトラマン』を公開しています。二〇一六年東宝制作の『シン・ゴジラ』と相まって第三の怪獣ブームが起きつつあるとも言えると思います」

口もとに笑みを浮かべて葛西は答えた。

「過去に怪獣ブームは二回もあったのか？」

尼子が目を瞬きながら訊いた。

「ええ、最初がさっきお話しした『ウルトラQ』や『ウルトラマン』がきっかけになった一九六六年から一九六八年の第一次怪獣ブーム。次に、ピー・プロダクションが制作した『宇宙猿人ゴリ』がフジテレビで放映され、円谷プロが制作した『帰ってきたウルトラマン』がTBSで始まるとふたたび怪獣ブームが始まりました。一九七一年から一九七四年頃のこのブームを、第二次怪獣ブームと称しています。『シルバー仮面』や『ミラーマン』『変身忍者嵐』と『ウルトラマンA』『快傑ライオン丸』『超人バロム・1』など変身ヒーローが次々に登場したことから変身ブームとも呼ばれています」

すらすらと葛西は説明した。

次々に挙げられる第二次怪獣ブームの特撮番組を春菜はまったく知らなかった。

ちなみに春菜は『シン・ゴジラ』も『シン・ウルトラマン』も観ていない。

「なるほど……」

気圧《けお》されたように尼子は答えた。

「詳しい説明はそれくらいでいいや。事件の話を続けよう」

いくぶんあきれ気味で、康長は証拠収集袋をつまみ上げた。

春菜も同僚たちも康長に顔を向けた。

「解析にかなり時間が掛かったようだが、これが『ウルトラセブン』のカプセル怪獣のケースを模した玩具ということは判明している。問題はこれが現場近くの草むらに落ちていたことだ。上の駐車場から見物できたが、ロケ現場に一般の見物人は入れない。また、捜査本部で確認したところ、スタッフにこんなカプセルを持ち込んだ者はいなかった」

康長は春菜たちを見まわした。

「ロケ現場が閉鎖される前に、見物人の誰かが落としたのではないですかねぇ」

もっともな質問を大友が発した。

「それがな、カプセルには指紋が見当たらないんだ」

康長は額を曇らせた。

「指紋が……ない……」

大友は低くうなった。

「見物人が落としたものであれば、なんらかの指紋が検出されて当然だ。なにも検出されないのは不自然としか言いようがない」

康長は唇を引き結んだ。

「落とした人物がたまたま犯行当日に手袋かなにかを嵌めていたんじゃないんですか」

尼子がすかさず異論を唱えた。

「このカプセルを購入してからずっと手袋をしていたと言うのか」

皮肉な口調で康長は訊いた。

「たしかに、そうですね」

気まずそうに尼子はうつむいた。

「遺留品捜査班によると、玩具メーカーのサイダスの製品で、色違いのカプセル四個とともにプラスチックのケースに収めて二〇〇〇円で五年前から短期間だけ販売されていた。現在は廃番商品だそうだ。販売数は約三〇〇〇個。残念ながらいまのところ、不審な購入者にはたどり着いていない。マニア同士で交換している可能性もあるらしい。購入者を特定することと自体に時間が掛かっている」

康長は渋い顔で答えた。

「なるほど……しかし、指紋がないというだけでは犯人のものと断定するのは厳しいですね。証拠能力も薄弱でしょう」

葛西の言うことはもっともだ。

「だが、カプセルだけじゃないんだ。事件で凶器となったカメラクレーンを操作するプログラムはC言語とかいうプログラム言語で作られているそうだ。で、クラッキングされたプログラムに犯人からのものと思われるコメントが書き込まれていた」

眉間にしわを刻んで、康長はスマホを取り出した。

画面にはズラズラと英数字の文字列が並んでいた。

「そんなものを書き込めるんですか」

驚いて春菜は訊いた。

プログラムはコンピュータに対する命令だけを記述するものだと思っていた。

「いや、俺もよくは知らないんだが……エンジニアに対するコメントを書き込むことがあるらしい。このスラッシュの間がコメントだ」

画面の記事を拡大して康長は春菜たちに見せた。

／（スラッシュ）の間に“Know that Miclas resentment”という言葉が見られる。

「見ての通り『ミクラスの恨みを知れ』というメッセージだ」

康長は乾いた声で言った。

「そうか、緑カプセルはミクラスだったか」

葛西がうなり声を出した。

「ミクラスってなんですか」

春菜は葛西の顔を見て訊いた。

「これがミクラスです」

葛西はささっと自分のスマホを操作して春菜に見せた。

スマホの画面には二本の白くて長い角とさらに二本の短い角を持つ四頭身くらいの怪獣が映っていた。両目はクリクリと大きく、ピンク色の大きな口に三本の小さな牙が目立つ。全体として牛というか牛鬼に似ているが、愛嬌たっぷりだ。

「なんだかかわいい」

春菜の本音の言葉が出た。

正義の怪獣だけあって、とても愛らしく見える。

半世紀以上前の造形であるにもかかわらず、ちょっとデフォルメすればいまでもファンシーキャラクターとして通用しそうだ。

「セブンのカプセル怪獣は三体あって、ウィンダム、ミクラス、アギラです」

葛西はスマホをしまいながら、つけ加えた。

「カプセルとメッセージというふたつの証拠と、被害者の相木監督が『ウルトラセブン』に憧れて特撮の世界に入ったことから、今回の事件は『ウルトラセブン』と関連があると考えている」

康長はちょっとあらたまった表情で言った。

「わかりました。『ウルトラセブン』について知識を持つ捜査協力員さんを探さなければなりませんね」

春菜は明るい声で言った。

「そういうことだ。いままでヲタク協力員が事件の解決に大いに役に立ってくれた。上じゃ細川とヲタクに期待しているんだ。今回はセブンヲタクに登場してもらいたい」

康長は口もとに笑みを浮かべてうなずいた。

「いや、あのヲタクではなく、捜査協力員さんです」

春菜は訂正したが、康長は無視して続けた。

「特撮ヲタクにはいろいろな分派があるようだ。ちょっと調べたんだが、一例を挙げると『ゴレンジャー』から始まるテレビ朝日系のスーパー戦隊シリーズもののヲタク、『仮面ライダー』など毎日放送・東映系のヲタク、東宝の『ゴジラ』や『ガメラ』などのヲタク……ほかにもまだまだあるらしい。葛西は仮面ライダーもののヲタクだと言ってたな」

康長は葛西の顔を見て訊いた。

「はぁ、まぁ……そんなに詳しいというわけでは……」

葛西は頬を染めてうつむいた。

本人は仮面ライダーものについてはあまり積極的に話したくはないようだった。

春菜はと言うと、二〇〇〇年から始まった平成仮面ライダーシリーズの『仮面ライダークウガ』や『仮面ライダーアギト』くらいは観ていた。

クウガのオダギリジョーやアギトの賀集利樹《かしゅうとしき》は好きだったし、後にスターになっていったことは知っている。

だが、その後はアニメなどに関心が移って実写の特撮物からはすっかり離れてしまった。

表情をあらためて葛西は口を開いた。

「でも我が国の特撮の泰斗はやはり円谷英二《えいじ》監督です。二〇世紀の初年である一九〇一年に生まれ、戦前から活躍した円谷監督は『特撮の神様』と呼ばれた大先達です。日本の特撮は円谷監督に始まり、その後に続くものがほとんどだと言っても間違いないと思います」

「『ウルトラセブン』を制作した円谷プロダクションの創始者だな」

康長はおぼつかなげに言った。

「その通りです。もともとシネカメラマンであった英二監督は次々に新しい特撮技法を身につけていきました。その後、映像を投影したスクリーンの前で俳優が演技を行うスクリーン・プロセスを開発しました。日独合作映画『新しき土』では、日本で初めてこの技術で特撮を行い、ドイツ側のアーノルド・ファンク監督や技術者たちを驚嘆させました。その後は東宝に招かれ、やがて一九四〇年から『海軍爆撃隊』『ハワイ・マレー沖海戦』『加藤隼戦闘隊』といった戦争映画や戦意高揚映画の特撮を手がけました。なかでも一九四二年の『ハワイ・マレー沖海戦』は日本映画史上空前のヒット作となり、円谷英二監督の名声もひろがりました」

自分のことのように葛西は誇らしげな声を出した。

「なるほど、戦争中から円谷監督の特撮は映画にも使われていたんですか。八〇年も前のことなのですな」

尼子がまじめな顔で言った。

「一九四五年までに、特殊な撮影法やミニチュアの使用、映像の合成技術など、特撮技術における ほとんどのノウハウが作られたそうです。円谷監督はこれらの映画における海戦や空戦のシーンをいくつもミニチュアを用いて撮影しました。敗戦となってＧＨＱはこれらの映画フィルムを本国に持ち帰って分析しました。ところが、円谷英二監督が指揮を執って撮影した特撮シーンを合衆国軍部は実際の戦闘場面を記録した映像と錯覚しました。つまりミニチュアを使った特撮と合衆国の専門家は見抜けなかったのです」

力強く葛西は言った。

「本当かよ」

さすがに康長は疑わしげな声を出した。

春菜にも驚きの事実だった。

「そのように聞いています。まぁ、モノクロだし、映像技術全般が未発達だった時代のことですからね」

葛西はスマホを操作して画面を覗き込むと言葉を続けた。

「さて、戦後になって我が国にはＧＨＱの命令で公職追放の嵐が吹き荒れます。英二監督は『戦時中に教材映画、戦意高揚映画の制作に加担した』ということで、一九四八年に東宝を追放されます。フリーとなった円谷英二監督は世田谷区祖師谷の自宅の庭にプレハブ小屋を建てて円谷特殊技術研究所を設立します。英二監督は外部スタッフとして、やがて東宝に戻っていくつもの映画の特撮を撮ります。一九六三年には東宝から資本提供を受けて、小田急線の祖師ヶ谷大蔵駅近くに株式会社円谷特技プロダクションを設立し、『ウルトラＱ』など傑作を作り続けて日本の特撮史を導いていきます」

声をうわずらせて、葛西は説明した。

「すごい人物だったのだな」

康長は感心したように言った。

「そもそも特撮という言葉を作ったのも円谷英二監督なのです。それまでは単にトリック撮影などと呼ばれていました。さっきも言いましたが『特撮の神様』なのです。初代ゴジラも円谷英二監督の特撮で世界に羽ばたいたわけです。だから、僕がライダーものに惹《ひ》かれると言っても、もともとは円谷監督への敬意が基本でして、円谷プロ作品への愛情が出発点なのです。いまをときめく『シン・ゴジラ』や『シン・ウルトラマン』の監督の庵野秀明《あんのひであき》氏も『ウルトラマン』に強い影響を受けていると言っています。彼は『新世紀エヴァンゲリオン』でよく知られますが、五〇代後半から六〇代前半のアニメーターなどの映像クリエイターで円谷作品の影響を受けてない人はいないと言ってもいいでしょう。それにしても、浅野さんはけっこう詳しいんですね」

感嘆したように葛西は言った。

「付け焼き刃でざっと勉強したんだ。俺はなにもわかっていない。とにかく『ウルトラセブン』のヲタクを探してくれ」

康長は春菜の顔を見て軽く頭を下げた。

「ちょっとお待ちください」

春菜は机のいちばん下の引き出しからぶ厚いファイルを取り出した。

登録捜査協力員名簿は、一名につき一枚のカードとなっている。

前任者によってつけられたインデックスを確認してゆく。

《アイドル》《アニメ・マンガ》《海の動物》《温泉》《カメラ・写真》《ゲーム》《建築物》《昆虫》《コンピュータ》《自動車》《植物》《鳥類》《鉄道》《バイク》《哺乳類一般》《歴史》

ほかにもまだまだたくさんのジャンルがあった。

そのなかに《特撮》というインデックスが見つかったが、それほどの枚数ではなかった。一枚一枚確認していると、備考欄にウルトラマンや円谷プロ作品などというメモが見出せた。結局、四人の捜査協力員が対象となった。

佐々部《ささべ》祐一《ゆういち》　会社社長（57）
平田《ひらた》光矢《こうや》　大学生（21）
矢野《やの》紗也香《さやか》　会社員（33）
渡瀬《わたせ》明詮《あきみち》　会社員（34）

「四人見つかりました」

春菜は明るい声で言った。

「おお、そうか。連絡を取ってみてくれないか」

康長は嬉しそうに頼んだ。

「了解です」

デスクの電話の受話器を取ってそれぞれの携帯電話や勤務先に電話を掛けた。

結果として、平田は今日の午後にも会ってくれることになった。何時でもいいということなので、午後二時に平田の希望する大和《やまと》駅前の喫茶店で待ち合わせをした。

残りの三人は明日以降の時間を確保してもらった。

「待ち合わせは大和駅前なんだな」

思案顔で康長は言った。

「そうです、大和です」

春菜は弾んだ声を出した。

大和は相鉄本線と小田急江ノ島線が交差する神奈川県中央部の駅である。

春菜が住んでいる瀬谷《せや》から相鉄線に乗ってひと駅だった。

「細川、早帰りはあきらめてくれ」

冗談めかして康長は言った。

「そんなこと……」

考えていなかったと言ったら嘘になる。

たまには早く帰って映画でも観るのも悪くはないと思っていた。

ここのところ珍しく尼子と大友が集めた資料の処理で残業が続いた。

「その捜査協力員との面談が終わったら、現場にまわってみようかと思っている」

淡々とした口調で康長は言った。

春菜のちいさな望みは打ち砕かれた。

「現場というと、《さがみ湖リゾートプレジャーフォレスト》ですね」

気を取り直して春菜は明るい声を出した。

「そうだ。いつもみたいに覆面車両を借りる。大和から現場へまわろう。一時間ちょっとで着けるはずだ」

力のこもった声で康長は答えた。

「了解しました」

春菜は張り切って答えた。

この建物から出られることはやはり嬉しい。

「あのぉ……僕も現場に行ってみたいのですが」

遠慮がちに葛西が言った。

「葛西も来るか。頼もしいな」

嬉しそうに康長は答えた。

「お役に立てるかどうかわかりませんが。ただ、班長のお許しがないと……」

とまどいの顔で葛西は言った。

「赤松には電話しておく。一緒に来てくれ」

康長は力強く答えた。

「ありがとうございます」

弾んだ声で葛西は答えた。

春菜たちは席を立って駐車場へと向かった。

2

梅雨明けの空は圧力を感ずるほどに青く輝いていた。

太陽が重量を持っているかのような強烈な光を放っている。

平田が指定した純喫茶『マイアミ』は大和駅南口を出てすぐのところにあった。

いまでは見かけないような古色蒼然たる建物の二階に看板が出ていた。

公私ともに何度も大和駅を利用している春菜なのに、『マイアミ』には気づかなかった。

いや、この黄色い建物と赤文字の大看板は目に入っていた。

だが、とくに注意を払っていなかったというのが正直なところだ。

入口を入ってすぐの壁にショーケースが埋め込まれていた。

コーラフロートやチョコレートパフェとともに、スパゲティナポリタンやハンバーグステーキやカツカレーなどのレトロな食品サンプルが並べられている。焼きそばまであることに、春菜は少なからず驚いた。昭和はなんでもありだったのだろう。

紅《あか》い壁にリノリウム張りの階段を上っているうちに、不思議な気分になってきた。

春菜などが知らないむかしの日本がここに残っている。

「すごいもんだなぁ。この店は昭和四五年のオープンだそうですが、その頃のままなんですね」

まわりを見まわしながら、葛西がうなり声を上げた。

「いや、なんだか。なつかしいなぁ」

康長だってこの店がオープンした頃には生まれていないはずだが、あたりを見まわして感嘆したように言っている。

「ここに来る途中にネットで調べたんですけど、昭和レトロな雰囲気でかなり有名な喫茶店のようですよ」

明るい声で葛西は言った。

「わぁ、たしかにレトロ～」

店内に入った春菜は思わず叫び声を上げた。

ひろびろとした店内は緑色と紫色のビニールレザーの椅子が四人掛けに並べられていた。

風景写真などがいっぱいに貼られた壁やいくつも置かれたプランターの観葉植物とあいまってノスタルジックな雰囲気をいっぱいに漂わせていた。

席数はかなり多く何組もの客がいたが、空席は少なくなかった。

レースのカーテンが掛かった窓際の席に座っていた男が立ち上がって、春菜たちのほうを見て頭を下げた。

春菜たちは立ち上がった男に向かって歩み寄っていった。

「はじめまして。平田光矢です」

はつらつとした声で平田は名乗った。

平田はおとなしそうな丸顔の、意外と体格のいい青年だった。

空色のブルゾンにデニム姿という目立たない恰好をしている。

春菜と康長は、平田の正面に腰を掛けて、横の席に葛西が座った。

「よろしくお願いします。県警捜査指揮・支援センター専門捜査支援班の細川です」

にこやかに笑いながら、春菜は名刺を渡した。

「同じく葛西と言います」

「刑事部の浅野です」

葛西と康長は次々に名乗った。

「いやぁ、ほんと驚きますねぇ。刑事さんが三人も来るなんて」

平田は、三人の顔を見まわしながら言った。

「わたしも葛西も刑事じゃないんですよ。わたしは捜査協力員の皆さんをご担当する係です」

にこやかな笑みを絶やさずに春菜は答えた。

「刑事さんじゃないんですか。だって、ぼくとあんまり歳が変わらないですよね」

春菜の顔を恥ずかしそうに見ながら平田は言った。

「たぶん、わたしのほうがずいぶん歳上だと思います」

あっさりと春菜は答えた。

「え、意外です」

目を瞬きながら平田は言った。

童顔の春菜は実際の年齢よりもはるかに若く見られる。

経験九年目なので三〇歳になるわけだが、春菜は大学生くらいに見られることが少なくない。

「若く見られてあまり得をしたことはないです……ところで、昭和レトロ感が素敵なお店ですね」

春菜はなにげなく言った。

「このお店は一九七〇年のオープンだそうですね。『ウルトラセブン』の放送開始が一九六七年です。このお店のなかでウルトラ警備隊のメンバーがお茶を飲んでいるシーンなんかが目に浮かんできます。そんな世界観が好きなんです」

目を輝かせて平田は答えた。

「なるほどねぇ。言われてみればその通りだなぁ」

葛西は感心したように店内を見まわした。

さっそくヲタトークが始まりそうで、春菜は身構えた。

春菜は簡単に捜査協力員の立場や、守秘義務などに触れた。

ひどく真剣な顔で平田は聞いていた。

「平田さんは学生さんなんですよね」

春菜はあたりさわりのない話題から質問を始めた。

「はい、青山学院大学の社会情報学部の三年生です。二一歳です。大学の特撮研究サークルに所属しています」

平田は明るい声でハキハキと答えた。

言葉は古いが、平田は好青年という印象である。

すでにいくつかの分野の協力員との面談経験から、ヲタクというのはさまざまな見た目、地位、考え方の人々であり、ある一定のカテゴリーに押し込めることが困難であることに気づいていた。

マニアとヲタクは異なるものなのだろうか。少なくとも、愛する趣味が生活の中心にあり、かつその趣味が生きる目的のなかで大きな割合を占めている人々がヲタクだと春菜は考えていた。

「どんなお勉強をなさっているんですか」

にこやかに春菜は尋ねた。

「マルチメディア情報論です。マルチメディアのさまざまな概念を学び、これからの社会における創作の方向性を論じてゆく学問です」

就活の成果なのか、平田の答えはよどみがなくコンパクトにまとまっている。

だが、春菜たちは平田の採用面接をしているわけではない。もっとフランクに話してほしい。

「すると特撮の撮影技法なども勉強しているのですか」

あまり考えずに、春菜は問いを重ねた。

「いいえ、撮影技法を勉強するようなコースではないのです。僕は実際に映像を創るような勉強をしているわけではありません。たとえばゼミでは映像を社会のなかでどんな風に活用できるかというような議論をすることがあります」

かるく苦笑いしながら、平田は答えた。

「なるほど……。ところで、平田さんは『ウルトラセブン』について詳しい知識をお持ちと伺い、今日はお時間を頂きました」

春菜は本題に移ることにした。

「まぁ、僕はウルトラシリーズのファンであることは間違いがありません。ただ、いわゆる特撮ヲタクというほどの知識を持っているわけではありません」

気弱な顔つきで平田は答えた。

「ウルトラシリーズっていうのは二つの意味がありますね」

葛西がすかさず突っ込みを入れた。

「その通りです。第一の意味は一九六六年から一九六九年までの間、毎週日曜の午後七時から三〇分間放送された、TBS制作の『空想特撮シリーズ』すなわち『ウルトラQ』『ウルトラマン』『ウルトラセブン』の三つの番組を指します。もうひとつの意味は、このシリーズから発展して半世紀以上にわたって継続している円谷プロダクションの制作シリーズ全体を指します。僕はとくに一の意味、つまり三作品のファンなのです。なんと言ってもこの三シリーズは我が国の特撮文化を圧倒的に盛り上げ、怪獣ブームを作ったエポックメーキングな存在ですからね。もちろん、それ以降の作品も好きです。一例を挙げれば実相寺《じっそうじ》昭雄《あきお》監督の『ウルトラセブン』における初監督作品である第八話『狙われた街』の続編……『狙われない街』が第二四話に出てくる二〇〇五年の『ウルトラマンマックス』なども大好きです。この『狙われない街』は実相寺監督が最後に手がけたウルトラシリーズ作品です」

平田は眼を輝かせて早口で話し始めた。

そんな彼はヲタク以外の何者でもないように見える。

「なるほどぉ。僕は『狙われない街』は観てないんですよ。だけど『狙われた街』は傑作中の傑作ですもんね。冒頭のお葬式が行われる寺のシーンは凄みがあったよね」

　はしゃぎ声で葛西が言った。

「そうでしょ、そうでしょ。あの寺は世田谷の喜多見にある浄土宗の慶元寺《けいげんじ》というお寺ですよ。あのシーンはモロボシ・ダンの肩越しにカメラが本堂に向かってゆくロングショットが圧巻でしたよね。あれは特撮史上、歴史に残るシーンでした」

　感に堪えないような声を平田は出して、言葉を継いだ。

「冒頭付近に出てくる葬儀にも、ひし美ゆり子さんが演じてたヒロインの友里アンヌ隊員が喪服で登場します。アンヌ隊員の叔父は民間航空機のパイロットなのですが、メトロン星人のせいで操縦していた旅客機が墜落して死亡するのです。あのシーンは実に暗いトーンですね」

　しんみりとした声で葛西は答えた。

「怪獣ものにはとても思えない、大人のドラマのようなシリアスなトーンで撮られてましたね」

　うなずきながら、平田は続けた。

「はい、そこがあのシーンにおける実相寺監督の狙いだったと思うのです。モロボシ・ダン役を演じていた森次晃嗣さんは『これはね、実相寺監督の名作です！』と言っていますが、僕もまったく同感です。シナリオもいい。かの偉大なる脚本家、金城哲夫《きんじょうてつお》さんの手によるストーリーは実にシリアスです。メトロン星人は地球侵略をたくらみ、地球人が互いにルールを守り信頼しあって社会を成り立たせていることに目をつけてその信頼を破壊しようとする。メトロン星人は言います。『地球を壊滅させるのに暴力を使う必要はない。人間同士の信頼感をなくせばいい』とダンに語ります。メトロン星人は他人が敵に見える幻覚作用を持つタバコを市販品とすり替え、人類から信頼関係を奪おうと画策するんですよね」

「子ども番組なのに……怖いお話ですねぇ」

春菜は驚いて言った。

そんな薬物がタバコに仕込まれて出回ったら、警察も壊滅的な打撃を受けるだろう。

「はい、一九六七年一一月一九日放映の第八話はメトロン星人が非常に理知的であるだけに、恐ろしさもひとしおだと言えます。テーマ自体に人間の信頼関係についてのメタファーが込められていると思うのです。それは子ども番組だからと言ってかるく見ることはできないし、また現在の社会でも変わらぬものだと言えます。どうですか、世界の現実へ目をやるまでもなく、この日本でも信頼関係の破壊は多々見られるんじゃないんですか。警察の方はよく知っておられるでしょう」

平田は春菜の顔を見てまじめそのものの顔で言った。

「まぁ、警察では信頼関係の壊れたことから生じた事件を扱うことが多いので……」

春菜はなんとか無難な答えを返すことができた。

宇宙人のことを訊かれても答えようがないが、たとえ話としては理解できる。

「そうそう、『狙われた街』といえば、もうひとつ鮮烈なシーンがありますねぇ。モロボシ・ダンとメトロン星人という宇宙人同士が、夕暮れの畳敷きの部屋でちゃぶ台を挟み座り込んで話し合うシーンは鮮烈に印象に残っています」

葛西が平田に向かって嬉しそうに言った。

彼の意識はまだドラマから離れてはいないようだ。

「ファンはみんな大好きなシーンです。あの作品はねぇ、北川町という架空の町が舞台なんですが、ロケ地は川崎市川崎区の臨海部にある浜町という場所で京浜工業地帯の真っ只中なんですよ。で、たぶん工場労働者の住まいのようなアパートでメトロン星人がちゃぶ台の向こうでモロボシ・ダンを待っている。そして紳士的な態度で『ようこそウルトラセブン。我々は君の来るのを待っていたのだ』と呼びかけるんですよ」

まさに膝を叩くような平田の顔つきだった。

「なんて言っても、宇宙人があんな下町のアパートに潜伏しているという設定が衝撃でしたね。そしてあの下町っぽいアパートの建物がまっ二つに割れてなかからメトロン星人の円盤が飛び出すシーンも鮮烈だった」

葛西の声のトーンも上がった。

「実はねぇ、あれはTBS内で物議を醸したんですよ。TBSは海外への作品輸出も考えていたんです。だから、日本的なるものはできるだけ入れない方針……つまり無国籍風な作品を望んでいたんです。でも、特撮に来る前は芸術派の鬼才の新鋭ディレクターとも呼ばれた実相寺監督は、円谷の仕事をしても次々に自分のこだわりで映像を撮り続けたんです。実相寺氏本人は、TBSのプロデューサーが三輪《みわ》俊道《としみち》氏から橋本《はしもと》洋二《ようじ》氏に交替したどさくさで内緒で撮ったと語っていたそうです。結果として実相寺氏はしばらく『ウルトラセブン』の演出を離れます。次に監督するのは第四三話の『第四惑星の悪夢』まで待たなければなりません。当時TBSからの出向社員であった彼は京都で時代劇の演出をすることになります。噂ではちゃぶ台事件の懲罰人事と言われていますが、真相はわかりません」

平田はちょっと顔をしかめた。

「なるほどねぇ、実相寺監督としては、自分の首を賭けた演出だったんだねぇ」

感心したように葛西は言った。

「森次晃嗣さんの『これはね、実相寺監督の名作です！』ではありませんが、彼ばかりではなく、多くの人々が傑作、名作と呼んでいます」

背筋を伸ばして平田は答えた。

「たしかに名作ですねぇ」

うなるように葛西は言った。

「いずれにせよ、このシーンは一九六二年一〇月に設立された東宝撮影所の美術工房である東京美術センターのセットで撮影されました。後に東宝ビルトと名を変えるこの撮影所は、世田谷区大蔵《おおくら》五丁目にあったのですが、当時はかなり田舎でした。おまけに、トタン屋根にブリキ張りの壁という粗末な倉庫みたいな建物でした。そのため、雨音や枯れ葉が屋根に落ちる音、近隣の農家の牛や鶏の鳴き声や上空を飛ぶ飛行機の音が聞こえまくりだったそうです。そのため、『ウルトラQ』からずっとアフレコの方針で音声は後から重ねていたそうです」

まじめな顔で平田は言った。

「あはは、現在の映画会社のスタジオと比べると、隔世の感がありますね」

葛西はおもしろそうに笑った。

「それで、ちゃぶ台のシーンでは畳に座り込んだダンとメトロン星人があまりにシュールで、スタッフも大爆笑してしまったそうです。釣られて実相寺監督自身も笑いが止まらずに『スタート』の声を出せず助監督が代わって声出しをしたという説もあります」

笑いながら平田は説明した。

「そりゃ愉快なエピソードだな」

ご機嫌な声で葛西は言った。

「この作品の浦野光《うらのひかる》さんの終劇ナレーションも有名です。『メトロン星人の地球侵略計画は、こうして終わったのです。人間同士の信頼感を利用するとは恐るべき宇宙人です。でもご安心下さい、このお話は遠い遠い未来の物語なのです。え？　なぜですって？　我々人類は今、宇宙人に狙われるほどお互いを信頼してはいませんから……』というものなのです」

「そりゃおもしろいな。ウィットに富んでいるというか、皮肉が効いているね」

康長はにこやかに言った。

「『ウルトラセブン』はナレーションで終わる回は多くはありません。このナレーションは金城さんの脚本にはなく、実相寺監督の指示で挿入されたそうです」

「半世紀以上の時を経た現在でも、人間同士はそんなに信頼し合えてないなぁ。それは遠い遠い未来の話だ」

まじめな顔で康長が言ったので、平田は困ったような顔をした。

「ちゃぶ台のシーンは現在でも人気があって、SNSなどにもしょっちゅう登場しています。二〇一七年に大阪府枚方市のひらかたパークで開かれた『ウルトラマンフェスティバル』には、このシーンを再現した等身大のジオラマが展示されて大勢の人の話題を呼びました。実相寺監督は『ウルトラマン』の第三四話『空の贈り物』でも後の世に残る演出を行いました」

したり顔で平田は言った。

「どんな演出ですか」

葛西は身を乗り出して訊いた。

「怪獣に関する危機的情報が科学特捜隊の作戦室に入ってきます。すると、カレーを食べているハヤタ隊員がスプーンを持ったまま飛び出すんです。ハヤタ隊員はスプーンを変身アイテムのベーターカプセルと取り違えたまま空に差し上げます。そこで、間違いに気づいたハヤタ隊員がスプーンを投げ捨ててベーターカプセルに持ち替えるのです。このシーンは円谷特技プロ内部で問題になったのですが、彼は譲りませんでした。それまでのヒーローはコメディやギャグとは無縁でした。実相寺監督はヒーローを全面的に肯定することに懐疑心を抱いていたのです。完全無欠なヒーローではなく、人間らしさを持つウルトラマンを描きたかったのです。その演出は円谷プロ内部にもTBSにも理解されませんでした。多くの人々が固唾を呑んで当日の放送を見守っていたそうです。過去にもTBSに苦情の電話が殺到したことのある実相寺監督の演出ですからね」

平田はおもしろそうに春菜たちの顔を見た。

「結果はどうだったんですか」

春菜はつい口を出した。

「蓋を開けてみると、子どもたちには大人気でした。視聴率も上々で、各地でスプーンを使ってウルトラマンの変身シーンを真似する子どもが続出したそうです」

口もとに笑みを浮かべて平田は答えた。

「つまり実相寺氏は『ウルトラマン』でも『ウルトラセブン』でも自分の考えを貫き通したのですね」

葛西の言葉に、平田は大きくうなずいた。

「まったくお言葉の通りです。現代のテレビ業界では考えにくいことですよね。この顚末は実相寺監督の自伝的小説『星の林に月の舟——怪獣に夢見た男たち』にも詳しく書かれています。その小説によれば、彼の演出はあちらこちらで軋轢《あつれき》を生んでいたそうです。ちなみにこのスプーンのシーンは後に『ケロロ軍曹』や『おねがいマイメロディ』のアニメでパロディ化されています。また、ハヤタ役だった黒部進《くろべすすむ》さんが『ウルトラマンマックス』ではセルフパロディを演じています」

楽しそうに平田は続けた。

「信念の人だったんだなぁ」

詠嘆したように康長が言った。

「実相寺監督はウルトラシリーズのほか、一九八三年の日本テレビのドラマ『波の盆』で文化庁芸術祭大賞を受賞したり、東宝が一九八八年に公開した『帝都物語』の監督を務めたりしています」

元気よく平田は言った。

「ああ、荒俣宏《あらまたひろし》先生原作の……嶋田久作《しまだきゅうさく》さんの加藤保憲《かとうやすのり》が強烈だったね」

康長は知っている映画のようだ。

嶋田久作の名は知っているが、春菜はタイトルもよく知らない映画だった。

「ほかにも勝新太郎《かつしんたろう》さん、原田美枝子《はらだみえこ》さん、石田純一《いしだじゅんいち》さん、坂東玉三郎《ばんどうたまさぶろう》さん、宍戸錠《ししどじょう》さん、中村嘉葎雄《なかむらかつお》さん、大滝秀治《おおたきひでじ》さん、西村晃《にしむらこう》さん、島田正吾《しまだしょうご》さんという豪華キャストが並んでいました。ちなみに、『帝都物語』は日本初の本格的ハイビジョンＶＦＸ映画とされています」

平田は淡々と説明した。

「迫力ある映画だったよなぁ」

康長は感嘆の声を上げた。

「京極夏彦《きょうごくなつひこ》先生のデビュー作『姑獲鳥《うぶめ》の夏』の監督も有名です。京極先生ご自身が熱烈な実相寺ファンだったとされていますし、傷痍軍人水木しげる役で出演もなさっています。主演の京極堂役は堤真一《つつみしんいち》さん、ほかにも永瀬正敏《ながせまさとし》さん、阿部寛《あべひろし》さん、宮迫博之《みやさこひろゆき》さん、原田知世《はらだともよ》さん、田中麗奈《たなかれな》さん、寺島進《てらじますすむ》さんといった豪華キャストでした」

すらすらと説明を続ける平田の記憶力には舌を巻いた。

京極夏彦の名は春菜もよく知っていて、作品もいくつか読んでいたし、顔もわかる。だが、『姑獲鳥の夏』は未読だし、映画も観ていなかった。

「また、実相寺昭雄監督はクラシック音楽にも造詣が深く、TBSの『オーケストラがやって来た』の演出や音楽雑誌への寄稿も少なくありません。オペラの演出も手がけて『カルメン』や『魔笛』の舞台も創りました。オペラ演出家として東京藝術大学演奏芸術センター教授にも迎えられました。ですが、残念ながら胃がんのために、二〇〇六年に六九歳で亡くなっています」

淋しそうに平田は言った。

「すると、『狙われない街』は実相寺監督が亡くなる前年の作品というわけですか」

葛西の言葉に平田は大きくうなずいた。

「はい、その点でも着目すべき作品です」

「これはどうにかして観てみないとなぁ」

葛西は鼻から息を吐いた。

「有料ですが『ウルトラマンマックス』は配信されていますよ。さて、『狙われない街』では、メトロン星人が潜伏していたアパートの前の空地に置いてある土管に興味深い落書きがあるんです。それは『ウルトラマン』第一五話の『恐怖の宇宙線』に出てくる二次元怪獣ガヴァドンAなのです」

平田はにやっと笑った。

「ガヴァドンって……」

春菜はまったく知らない怪獣だ。

「ムシバというあだ名の少年が宇宙線研究所の近くにあった土管に描いた落書きが、なんらかの宇宙線を浴びて実体化した存在です。実相寺監督らしいのは、ガヴァドンは人間を襲ってこないんです。いびきをかいて寝ているだけの無害な存在として描かれます。見た目もなにかかわいいいんです。これがガヴァドンAで、ムシバとその友だちがもっと強そうな見た目に描き直したものがガヴァドンBです。ただ、いびきの騒音が日本経済に影響を及ぼすので退治することに決まり、最終的にはウルトラマンと戦うことになります。騒音以外に罪はなく、子どもたちの落書きから生まれた怪獣を退治することは単純な善と悪の関係ではなく、観る者を悩ませます。そんな実相寺監督らしい怪獣でした。その落書きを『狙われない街』で三八年ぶりに登場させたのです。このくすぐりもマニア心を刺激してたまらないですよねえ」

平田はちらりと葛西の顔を見て言った。

「たしかに、たしかに」

葛西は興に乗っているが、春菜にはおもしろさがよくわからない。

いきなり各番組を貫く細かい話になってきたし、監督の名前も出てきた。

いままでウルトラシリーズを観たこともない春菜には話についていくこともできない。

康長はちょっと気難しげに口を引き結んで黙りこくっている。

「『ウルトラセブン』にはたくさんのスタッフがいたわけですが、監督としては円谷英二氏の長男の円谷一《つぶらやはじめ》氏、満田《みつた》かずほ氏、野長瀬三摩地《のながせさまじ》氏、飯島敏宏《いいじまとしひろ》氏などのこともお話ししたいです。また、特技監督としては高野宏一《たかのこういち》氏や有川貞昌《ありかわさだまさ》氏、大木淳吉《おおきじゅんきち》氏などについても……さらに脚本家の金城哲夫氏、上原正三《うえはらしょうぞう》氏、佐々木守《ささきまもる》氏、市川森一《いちかわしんいち》氏の話もしたいです。とくに金城哲夫氏については現在も多くのファンがいて……」

平田は立て続けにスタッフの名前を列挙し始めた。

「『ウルトラセブン』について詳しく話してくれてありがとう。でもね、わたしたちは特撮史の勉強に来たわけじゃなくてね……」

康長が長広舌を振るう平田を押しとどめた。

声はやわらかいが、康長の目つきは鋭かった。

「ああ、すみません。つい……」

平田は身を引いて頭を掻いた。

康長が春菜のほうを向いて目配せした。

「実はわたしたちは七月七日に相模原市で起きた事件の捜査の関係で、今日はここに来ました」

ようやく春菜は本題に入った。

「知ってます。相木昌信監督の事件ですね」

いくらか緊張した声で平田は答えた。

「ご存じでしたか」

春菜は平田の顔を見て言った。

「ええ、ネットのニュースで見ました……でも、事故ではないんでしょうか」

平田は興奮気味に話した。

「その可能性もあります」

あいまいな言葉で春菜は答えた。

カメラクレーンが遠隔操作された故意犯であることは断定できていたが、外部に対しては詳しいことを発表していなかった。

「でも、わからないことがあるんです。相木監督は『電撃ミラクルレンジャー』の特技監督ですよね。それなのに新開久人《しんかいひさと》さんや柳川遥花《やながわはるか》さんがいる本編のロケ現場で殺されたんですか」

眉間にしわを寄せて平田は訊いた。

「事件当日は『電撃ミラクルレンジャー』の本編撮影の最初のロケが行われていた。相木監督は初撮影を見て俳優たちの演技を確認しようと考えて見学していたんだよ」

康長が春菜たちにしたのと同じような説明を加えた。

「なるほど、納得がいきました。ニュースなんかでは詳しいことは報道されていませんでしたから」

平田は深くうなずいた。

「それで、現場近くにこんなものが落ちていました」

春菜はスマホの画面を平田に見せた。

「おや、これはカプセル怪獣が収納してあるカプセルですね」

平田はきっぱりと言い切った。

「玩具メーカーのサイダスの製品で、五本がケースに入って販売されていたそうです」

春菜は簡単な説明を加えた。

「こんなレプリカが売られているんですねぇ」

画面を見つめながら、平田は感心したような声を出した。

「カプセル怪獣は、ウルトラセブンが携帯しているのですね」

春菜の言葉に、平田は笑顔でうなずいた。

「そうです。ほかにもいろいろなシリーズ作品に何回も登場します。ウルトラセブンの場合は、赤が二本、緑、黄色、銀色の五本のカプセルに収納されています。ですが、実際に登場するのは、ウィンダム、ミクラス、アギラです。ウィンダムはメタル星に生息する銀色の体表と電子頭脳を持った金属質の生物で、ミクラスはバッファロー星出身で四本の白い角を持つ牛に似た生物、アギラはアニマル星出身で角竜《つのりゅう》に似たイメージを持ちます」

自分のスマホを操作して平田は三頭の怪獣の写真を春菜たちに見せた。

ウィンダムはロボットのようにも見えるし、アギラは恐竜のトリケラトプスに似ていた。

「カプセル怪獣は皆、あまり強くはありません。電気に弱いとか寒さが苦手などといった弱点を持っていて、敵の怪獣を倒すことはできないのです」

「そりゃあそうだな。強すぎたら、ヒーローのウルトラセブンの出番がなくなっちゃうからな」

康長がおもしろそうに言った。

「さすが、その通りです」

にこっと笑って平田は答えた。

「ところで、この緑色のカプセルは、ウインダム、ミクラス、アギラのどの怪獣が入っていたものでしょうか」

畳みかけるように春菜は訊いた。

「ミクラスですね」

平田は迷いなく答えた。

「どうしてそう思うんですか」

「ミクラスは初登場の第三話『湖のひみつ』で緑色のカプセルから出てきます。第二五話『零下140度の対決』では黄色のカプセルから出てくるので断言できないのですが……ほかの二頭は黄色や赤、金のカプセルから出ます。緑から出るのはミクラスだけですので、間違いないと思います」

少しだけ気弱な顔になって平田は答えた。

「後で話しますが、そのカプセルがミクラスのものと考える理由はほかにもあるのです。まず伺いたいのは、これを購入した動機というか、理由はわかりませんか」

身を乗り出すようにして春菜は訊いた。

「さぁ、僕にはわかりませんね。怪獣やウルトラセブンのソフビやフィギュアを飾りたがるファンは珍しくはないでしょうが、カプセル怪獣のカプセルなんて飾る人の気持ちがわからない。子どもがウルトラセブンごっこするときに使ったら楽しいでしょう。子ども用のレプリカだと思いますよ」

冴えない顔で平田は答えた。

「あの……ソフビってなんですか」

春菜はまったく知らない言葉だったので余計な質問をしてしまった。

「ソフビとはソフトビニールの略です。ＰＶＣ、つまりポリ塩化ビニールを金型に流し込んで形成したもので中身は空洞です。ちなみにフィギュアはＰＶＣの場合もありますが、何種類かの合成樹脂で作られていて、中身は詰まっています、こちらのほうが細かい表現や色塗りが可能です。ソフビは力を入れるとクニャっとへこみますが、フィギュアはへこみません」

手まねを交えて平田は説明した。

そう言えば、春菜は怪獣の昭和ソフビを大量に収集している男性の話をテレビで観た記憶があった。

「このカプセルは飾ってカッコいいものではないよねぇ」

康長は半分あきれたような声を出した。

「ソフビやフィギュアの人形ならともかく、大人は滅多にこうしたものを買うことはないような気がしますね」

まじめな平田の声が響いた。

「平田さんはこんなカプセルを買おうとは思いませんか」

春菜は興味を持って訊いてみた。

「僕は収集癖はないので、ソフビもフィギュアも集めてはいません。ですが、仮にそうしたものを買うとしても、このカプセルを買う気にはなれませんね」

平田は首を傾げた。

「どんな目的で買う人がいるのでしょうね」

春菜は平田の目を見て訊いた。

「ちょっと予想がつきません。文化としての特撮が好きだとしても、その造形を愛してソフビやフィギュアを集めるとしても、このカプセルはどちらの需要にも応えることは難しいでしょう。僕はミクラスの造形は好きですが、カプセルは別に好きじゃないですね」

淡々と平田は答えた。

「ミクラスのフィギュアなら、ちょっとかわいいですよね」

春菜はやわらかい声で言った。

「デザインは、ウルトラセブンと同じく成田亨《なりたとおる》氏によるものです。古代インカ帝国の神面《しんめん》をモチーフにしていると言われています。ソフビやフィギュアはもちろん、ぬいぐるみやキーホルダーなど各種のグッズが販売されています。でも、カプセルというのはあまり作られていないんじゃないんでしょうか。需要は多くないと思いますよ。ただ、世の中にウルトラセブンファンはたくさんいます。なかにはマニアックな人もいると思います。こうしたファンのなかには、他者には理解しがたいこだわりを持つ人も少なくはありません。また、僕のようにずっと後になってからウルトラセブンを好きになった人間とリアルタイムで好きだった年配の方とでは感覚が違うかもしれませんね」

あごに手をやって平田は言った。

「ところで、平田さんはミクラスのカプセルだとおっしゃっていましたが、そう考える理由がわたしたちにもあるのです」

春菜はメッセージについても触れることにした。

「さっき言っていましたね。教えてください」

緊張感のある声で平田は言った。

「詳しくは話せませんが、現場付近にこんなメッセージが残されていたのです」

スマホを操作して画面を見せながら春菜は言葉を継いだ。

「ご覧の通り"Know that Miclas resentment"……『ミクラスの恨みを知れ』というメッセージです」

プログラムにコメントとして記載されていたことは避けて説明したが、メッセージ内容は把握できる。

真剣な顔つきで平田はメッセージを覗き込んでいる。

「なるほど、やはりあのカプセルはミクラスを象徴していたんですね」

納得したように平田は何度かうなずいた。

「そのようです。このメッセージと、さっきの緑色のカプセルはなにを意味しているんでしょうか」

春菜は期待を込めて尋ねた。

しばらく平田は天井へ視線を移して考え込んでいた。

「申し訳ありません。僕にはわかりません」

やがて平田は春菜の顔を見てはっきりとした声で答えた。

「いえ、ありがとうございます。本日は貴重な情報をたくさん頂けて感謝しています」

春菜は面談の終了をやんわりと告げた。

捜査協力員ひとりの力で謎が解ければ苦労はない。

「まだまだ、お話ししたいことがたくさんあるんですが……」

ちょっとあわてたように平田は言った。

だが、平田の話だけを聞いているわけにもいかない。

「ごめんなさい、これからわたしたち、現場を見にいく予定なんです」

春菜は頭を下げた。

「えっ？　あの事件が起きたのって《さがみ湖リゾートプレジャーフォレスト》でしょう」

平田は興奮気味の声を出した。

「そうですけど……」

ちょっと身を引いて春菜は答えた。

「あの場所は『ウルトラセブン』のロケ地なんですよ！」

つばを飛ばして平田は答えた。

「本当ですか！」

葛西が叫び、春菜と康長は顔を見合わせた。

捜査本部ではそんな情報は把握できていなかった。

「ええ……第三九話と第四〇話の『セブン暗殺計画』前後編のロケで何カ所かが使われてい

ます」

いくらか落ち着いた声で平田は答えた。

「そうでしたか！」

新しい事実が出てきた。春菜の声は自然と弾んだ。

「もし差し支えなければ、僕も現場に……」

春菜は答えに迷った。

こうした場合に一般市民を警察車両に乗せても問題ないのだろうか。

「じゃあ一緒に行きますか」

康長は気楽な調子で言った。

平田は捜査協力員であるし、康長が言い出したのだから問題はないのだろう。

現場を見てなんらかのヒントをもらえるかもしれない。

「はい、喜んで！」

嬉しそうに平田は立ち上がった。

3

春菜と康長、葛西、平田を乗せた覆面車両は厚木インターから圏央道に入った。

助手席に葛西が、後部座席には平田と春菜が座った。

刑事部所属の覆面パトカーの内装は地味だが、何カ所かの改装はしてある。

ダッシュボードの助手席側には無線機が備えてあるし、その右手にはサイレンアンプも装備してある。

だが、平田はそうした装備にまったく関心を示さなかった。

「平田さんはどうして『ウルトラセブン』に興味を持ったんですか」

春菜はなんの気なく訊いた。

会う前から、平田やほかの捜査協力員たちが、どうして五五年も前の特撮ドラマに興味を持つのかは謎だった。

「そうですね、僕の場合は高校時代の友人がかなり濃いマニアでして、そいつからDVDを無理やり押しつけられて何本か見ているうちに関心を持ちました。そのうちウルトラ関連の本を何冊も読むようになって、沼にハマったという感じでしょうか」

気負いなくさらりとした調子で平田は答えた。

「お父さんの影響ではないのですね」

「はい、父は四八歳ですが、子どもの頃からまったく興味なかったと思います。ぼくがセブン関係の本などを読んでいると、『そんな古い番組がおもしろいのか?』と不思議そうな顔をしますね。別に文句は言いませんけど」

考えてみると、平田の父親は『ウルトラセブン』が放映されてから七年も後に生まれたことになる。初期のウルトラシリーズの視聴者世代ではない。

「『ウルトラマン』や『ウルトラセブン』のファンは幅広い年齢にわたって存在します。なかでも、子ども時代にリアルに見ていた人とその下の人たち……だいたい五五歳から六五歳の世代と、現在の高校生から大学生くらいが多いような気がします」

「なぜ若い世代にファンがいるのでしょう」

平田のような大学生などが、五五年も前の作品をどうして好むのかは春菜にも謎だった。

「よくわかりません。ただ、ネットの記事や配信動画の増加によって、『ウルトラセブン』やその登場キャラクターを知る人が増えたことと関係があるかもしれません」

首を傾げて平田は答えた。

「友達とウルトラシリーズの話はしないですか」

葛西が振り返って訊いた。

「サークルの人以外、あまりウルトラの話はしないですね」

さらっと平田は答えた。

「なにか偏見を持たれるとかいうこと？」

ハンドルを握りながら、康長が背中で訊いた。

「え？　偏見ですか？」

目を瞬いて平田は訊き返した。

「いや、子ども番組だからさ」

「たしかに放映された一九六〇年代はウルトラシリーズなどを『ジャリ番』などと言ってさげすむ雰囲気もありました。それどころか、映画が盛んだったのでテレビドラマ自体を一段低く見る風潮もありました。たとえば『ウルトラセブン』のヒロイン、友里アンヌ隊員は豊浦美子さんという当時の人気女優さんが演ずる予定でした。ところが彼女は映画出演が決まったので降板し、撮影の前日にまだ東宝の新人に近い菱見百合子さんが急遽《きゅうきょ》代役となったのです」

平田の言葉に時代の違いを春菜は感じた。

一九六〇年代と比べて、映画の動員数も凋落《ちょうらく》し、テレビさえあまり見られなくなった現在ではあり得ない話に違いない。

「有名な話ですよね。ウルトラ警備隊の制服も間に合わないので、ずっと豊浦さん用に製作されたものを着ていたとか。菱見百合子さんにはサイズが小さかったので身体にフィットしすぎたものになり、あまりに胸がきついので、コスチュームの脇の下にある黒い蛇腹の部分をこっそり切って使用していたそうです」

目尻を下げて葛西が言った。

「アンヌ隊員のことはどうでもいいだろ。俺が訊きたかったのは、子ども番組ファンへの偏見はなくなったのかということだ」

康長の言葉に、葛西は首をすくめた。

「特撮が低く見られていたっていうのは半世紀以上前の話です。あの時代は人々の興味・関心は集中していました。一例を挙げれば、セブンが放映された一九六七年の紅白歌合戦は七六・七％もありました。ところが、昨年の視聴率は関東で三九・三％です。テレビ離れはありますが、国民の趣味が多様化しているのです。かつては特撮に興味を持っているのは特殊なヲタクと思われていた。でも、いまはみんなが自分の推しをそれぞれ持っていますからね。アイドル推しだったり、アニメなどのキャラ推しだったり。それに他人の推しには興味ないんじゃないんですかね。だから、現代ではそうした偏見ってのはあまりないんじゃないんでしょうか」

平田は静かに笑った。

「なるほどねぇ。そう言われてみれば、俺には推しはないなぁ」

康長はまじめな声で言った。

そんな話をしているうちに、クルマは八王子ジャンクションから中央道に入って相模湖東インターで下りた。

しばらく進んだクルマは、相模湖沿いの県道を走り始めた。

右手の車窓に輝く湖面がまぶしい。

ダム近くの湖水を相模湖大橋で渡り湖畔を進む。

相模湖は、一九四七年に相模ダムによって相模川をせき止めて造られた戦後初の人造湖だ。神奈川県内では三番目の面積を持つ湖だ。

湖が見えなくなって店舗などが点在する雑木林を進むと、左手にゲートが見えた。

康長は黙って左折すると、ゲート前の管理者用らしい駐車場にクルマを乗り入れた。

赤いパイロンが並んでいるが、三分の一くらいレーンは空いていた。

春菜たち四人は西陽が降り注ぐアスファルトに下り立った。

緑の匂いが春菜を包んだ。

ゲートで康長が警察手帳を提示している。

目の前のバーがさっと開いた。

「捜査と駐車の許可は取った。このままゲートから入場してかまわないそうだ。だけど、五時までに出てくれと言われた。急いで現場を見よう」

康長はクルマを園内に乗り入れると、幅の広い舗装路の端に駐めた。

ゲートを出たところだけは道路の幅が何倍も広くなっているようだ。

春菜たちは、次々にクルマから下りた。

広い舗装路の向こうに砂利敷きの広場がひろがっている。

だいたい一辺が六〇メートルくらいの三角形に近い広場で、右手の入り口近くには落葉樹がぽつぽつと見える。このささやかな林沿いに舗装路が奥へと延びていた。

特徴的なのは、奥に斜面があって一段上にも広場らしきものが見えていることだ。つまり広場は二段になっているのだった。

「実はここは施設全体の調整池だ。ここのところ雨が降っていないし、見ての通りただの砂利敷きの広場だ。この上がロケに使われた場所だ。右手の細道から上がれるそうだ」

康長は歩き始め、春菜たちはあとに続いた。

落葉樹のなかを通る道をしばらく進んで斜面を登ると、上の広場に出た。

ここは差し渡しが七〇メートル、奥行きが二五メートルくらいの四角いスペースで、右手にはやはり斜面が設けられていた。

スマホで確認すると、この上はアスファルト敷きの大きな駐車場になっている。

左手には園内を走る舗装路が見えていて、駐車場へと続いている。

「事件当日の『電撃ミラクルレンジャー』のロケ現場だ。ここは二段になっている上の調整池なんだ。ふだんは立入禁止の場所だ」

広場に立ってあたりを見まわしながら、康長は言った。

すでに鑑識作業は終わっていた。規制線は外され、鑑識標識なども残っていなかった。ロケに使われた撮影機材や照明機材も撤去されていて、広場はロケや事件があったことを感じさせないガランとした空間だった。

西陽に包まれた広場は、湖方向から陽光をさんさんと浴びている。

「浅野さん、マルガイはどこに倒れていたんですか」

葛西が気ぜわしく訊いた。

「じゃあ、ポイントとなる場所を説明しよう。ここに鑑識からの報告書のコピーを持って来た」

康長はスマホと紙の地図を両手に持って広場を眺めまわした。

「この右手の上の斜面は駐車場で、当日はたくさんの見物人がいたそうだ。ロケ日程は梅雨の晴れ間に恵まれた七月六、七日の二日間だった。もっとも、雨が降っても撮影する予定だったとのことだ。事件は二日目の撮影終了直前に起きた。ロケ現場の二カ所の入口には綱が張り巡らされ、それぞれ警備員も二人ほどついていた。残念ながら、見物人については事件が起きてすぐにここから立ち去ってしまった人間ばかりで、どこの誰とも確認できていない」

渋い顔で康長は言った。

「そりゃそうだよなぁ。入園のときに身分を確認しているわけじゃないだろうしな」

葛西は嘆くような声を出した。

「正面の右の角にカメラクレーンが設置されていた。その周辺に本編監督の延原光太郎氏や助監督、カメラマン、スクリプターなどがいた。この広場の右手あたりで、俳優たちが演技をしていた。演技者の周囲には照明と音響のスタッフが数人いた。例のカプセルは広場の端の落葉樹の近くの草むらに落ちていた」

康長はガランとした広場の端を指さした。

「俳優って、ミラクルレンジャー役と怪人役のスーツアクターだけですか。それともヒーローの新開久人さんやヒロインの柳川遥花さんもいたんですか」

葛西が熱っぽい調子で訊いた。

隣で平田がうなずいている。

この二人の俳優の名前はさっき平田も口にしていたが、春菜は知らなかった。

「俺には詳しくはわからんが、変身前のシーンも撮っていたので二人ともいたということだ。俳優たちは延原監督の近くの椅子に座っていたようだ。そばにヘアメイクもいた。ま、人気スターがいたから見物人も多かったのだろう」

「で、事件当時はどんなシーンを撮ってたんですか？」

畳みかけるように葛西が訊いた。

「怪人がこの広場からミラクルレンジャーを突き落とそうとするシーンだったらしい」

「下に落ちたら、危ないじゃないですか」

春菜は思わず余計な突っ込みを入れた。

誤って数メートルの斜面を転げ落ちて怪我をするかもしれない。

「いや、下には安全用ネットが張ってあったそうだ」

「なるほど、安全対策はとってあったんですね」

春菜は安堵して答えた。

「マルガイの相木監督は右手の斜面下、クレーンから五メートルほど離れた場所にいた。斜面の上側に撮影する対象はないからな。相木監督は一人で立って俳優の演技を見ていた」

スマホを覗き込みながら、康長は背後の斜面にコンクリート製の配水設備が見えている付近を指さした。

「あのあたりですね」

春菜は相木監督が立っていたという場所あたりを指さした。

「そうだ。クレーンが異常作動して、相木監督を直撃したときに事件だと考える者はいなかった。スタッフは皆、事故だと信じ切っていた。救急隊から一一〇番への通報があって地域課が現場に急行したが、事故として処理した。その場ではむしろ見物人を早く帰すことに力を入れた」

康長は唇を突き出した。

「本当なら全員を残らせて連絡先を記録すべきでしたよね」

悔しげに葛西が言った。

葛西が言うことももっともだが、Ｗｉ‐Ｆｉを利用した遠隔操作による殺人だとその場で判断できる者がいるはずはない。

「仕方のないことだ。地域課はコロシだなんて夢にも思っていなかったのだからな」

康長は肩をすくめた。

「確定的なことは言えませんが、タイミングを測りながらカメラクレーンを振り下ろすためには、マルガイを見ていなければ無理ですね。ふつうに考えて、犯人は上の駐車場からクレーンのコントロールプログラムに侵入したのでしょうね」

葛西が駐車場方向を見上げながら言った。

「でも、スマホから侵入したなら携帯番号などが簡単に辿れるんじゃないですか」

ふと思いついて春菜は素朴な疑問を口にした。

「それがね、犯人はクレーンをコントロールしているPCにスマホから直接、電波を飛ばしたわけじゃないようだ。たぶん自宅などのPCにアクセスして、この施設のWi-Fiに潜入したらしい。スマホの基地局からは犯人のスマホは割り出せていない。本部のサイバー犯罪捜査課の調べではPCをクラッキングした電波は、さまざまなIPアドレス、何カ国ものサーバーを経由しているらしい。残念ながら発信元は何重にも秘匿されていて解析できないそうだ」

悔しげに康長は唇を噛んだ。

クレーンをコントロールするプログラムをクラッキングできるほどの技量を持つクラッカーなのだから、発信元を秘匿することに意を砕いているはずだ。

IPアドレスを追跡する技術は向上しているそうだ。だが、秘匿する技術も発達していると聞く。いわばイタチごっこの関係であるらしい。

しばらく春菜たちは現場全体を眺めていた。

「じゃ、上の駐車場に行ってみようか」

康長はそう言うと、落葉樹のなかに続く舗道に戻って坂を上り始めた。

駐車場はだだっ広く、下の調整池の広場との間には落下防止柵が続いていた。

春菜たちは落下防止柵に沿って、駐車場の中ほどまで歩いて行った。

「間違いないだろうな。ここなら下の現場がすべて見渡せる」

康長が現場を見下ろしながら言った。

「やはり犯人は、この駐車場から犯行を実行したんですねぇ」

葛西は深くうなずいた。

「でも、ほかの見物人がいたわけでしょ。そんなことしてたら目立つんじゃないんですか」

春菜はなんの気なく訊いた。

「いや、スマホをいじっている人間がいても誰も怪しみませんよ」

首を横に振って葛西は言葉を継いだ。

「僕は詳しいことは知らないんですがね。事前にクラッキングを済ませて準備をしておけば、スマホをちょっとタップすれば犯行は可能だと思いますよ」

「そうなんですね」

それほどPCに詳しくない春菜は、葛西の言葉を否定できなかった。

「あのー。ちょっといいですか」

いきなり平田が言葉を発した。

現場の確認に気持ちが行って、春菜は平田の存在を忘れていた。

康長と葛西も同じだろう。

「なにか気づきましたか」

春菜は平田の顔を見て訊いた。

「あの山を見てください」

青く霞んでいる稜線を平田は指さした。

「あの遠くの山ですね」

春菜は稜線を見つめながら念を押した。

「ええ、そうです。この場所が第三九話と第四〇話『セブン暗殺計画』のロケ場所として使われていたことはお話ししたと思います。撮影が行われた当時、このあたりは森林や荒れ地が多く、もちろんこの施設の前身である《さがみ湖ピクニックランド》も存在していませんでした。当時と地形が変わっているのではっきりしたことは言えませんが……あの山は力道《りきどう》山《ざん》です」

平田はきっぱりと言い切った。

「なんですか……力道山って？」

春菜はぼんやりとした声で訊いた。

「細川さん、力道山を知らないんですか」

葛西が突っ込みを入れた。

「ええ、初めて聞きました。あの山の名前ですか」

葛西の顔を見て春菜は訊いた。

「力道山は一九四〇年代に力士として、一九五〇年代にはプロレスラーとして活躍した人物です。『日本プロレス界の父』と呼ばれることもあります。赤坂のナイトクラブでのケンカで刺されたのが原因で一九六三年の一二月に亡くなっています。三九歳という若さでした」

したり顔で葛西は言った。

「力道山は実業界でも活躍しました。それで、あの山も含めてこのあたり一帯をレイクサイド・カントリークラブと称してゴルフ場の開発をしていたのです。そうしたことからあの山は力道山と俗称されていました。ところが、力道山の死後、事業がストップし造成が止まってしまった。その場所が『ウルトラセブン』のロケに使われたんです」

「あの山がですか?」

「はい、『セブン暗殺計画』はご存命である藤川桂介《ふじかわけいすけ》さんの脚本、飯島敏宏さんが監督です。藤川さんは後に『マジンガーZ』『宇宙戦艦ヤマト』『銀河鉄道999』などのアニメの脚本で活躍する方です。飯島監督は実相寺監督と同様にＴＢＳから円谷への出向組で、ウルトラセブンのメイン監督の一人です。後に山田太一《やまだたいち》さんの『それぞれの秋』や大ブームとなった『金曜日の妻たちへ』のプロデューサーを務め、ドラマのＴＢＳという評判を世に高めた方です。いろいろとおもしろい回なんです。たとえば、カプセル怪獣のウィンダムはガッツ星人の円盤からの光線を額に受けて、なんと大爆発してしまいます。正義の怪獣が死んでしまうのはショックでした。また、ガッツ星人もいままで登場した宇宙人とはひと味違って……」

「えーと、詳しいことはいいや。セブンはどうなるんだ？」

葛西の言葉をさえぎって、気ぜわしく康長が訊いた。

「それがですね、セブンはエネルギー切れを起こして捕らえられ、透明な十字架に磔《はりつけ》の刑にされます。ウルトラ警備隊が驚くなか、ガッツ星人は地球人に対して『地球の全人民に告ぐ、君たちの英雄セブンは、夜明けと共に処刑されるであろう』と降伏を迫ります。セブンは一二時間後に処刑されることになるのです。セブンを閉じ込めた透明十字架が現れるのはあの力道山の稜線上なのです」

声を弾ませて平田は言った。

「画像合成なのですよね」

春菜が間抜けなことを訊いた。

「もちろんです。セブンは四〇メートルの体長なのですから、十字架はあの山の上にそそり立っていたのです」

平田はかるく笑った。

「あの力道山から平田さんはなにかを感じ取っているんですね」

春菜は平田の顔を見て尋ねた。

「はい、力道山が望めるこの場所で犯行を実行したということに、意味があるような気がするのです」

考え深げに、しっかりと平田は言った。

「どんな意味があるのですか」

間髪を容れず春菜は訊いた。

「僕の個人的な感想ですよ」

「かまいません。教えてください」

春菜は熱を込めて尋ねた。

「犯人は相木監督を処刑したかったのではないでしょうか」

真剣な顔つきで平田は答えた。

「処刑ですか」

思わず春菜は言葉をなぞった。

「セブンファンはあの力道山を見て、誰しも磔柱《はりつけばしら》の透明な十字架を思い出します。あの山は『ウルトラセブン』のなかでは、誰もが処刑場と考える場所なのです。あの十字架はセブン全四九回のなかでも印象深いシーンです」

熱の入った平田の言葉だった。

「なるほど、だからこの場所を選んだわけか」

葛西は納得したようにうなずいた。

「犯人はセブンを十字架から降ろし、代わりにガッツ星人を磔にしたかったのだと思います。ガッツ星人は『いかなる戦いにも負けたことがなく無敵』と豪語しています。ですが、『セブン暗殺計画』でも結局セブンは倒されません。倒されるのは無敵を誇るガッツ星人です。犯人は相木監督をガッツ星人として処刑したような気がするのです」

平田は言葉に力を込めた。

「処刑に見立てたというのはあり得ますね」

笑顔で葛西はうなずいた。

論理的にはすべてが納得できる話ではなかったが、この場所を処刑の地と考えたという説には春菜も説得力を感じた。

「そうだな、ミクラスのメッセージと考え合わせると、処刑という話は無視できないな。そもそも怨恨犯と考えるべき犯行だ」

康長はまじめな顔でうなずいた。

「あくまで僕の考えですけどね」

平田は遠慮深げに言った。

「いや、セブンヲタクの意見として参考にするよ。ありがとう」

康長は明るい声で言った。

「ヲタクじゃないです。平田さんは捜査協力員さんです」

すかさず春菜は訂正した。

「いやヲタクでかまわないですよ」

鷹揚な調子で平田は答えた。

「いずれにしても犯人はセブンヲタクでITに対する知識と技術を持った者か……」

つぶやくように康長は言った。

「さて、現場観察はこれくらいでいいだろう。戻るとするか」

康長は元気よく言った。

いきなり日が陰った。

力道山の背後の西空には、いつの間にか黒雲が忍び寄っていた。

陽光をさえぎって存在感を見せる黒雲が、まがまがしい存在のように春菜には感じられた。

第二章　ノンマルトの海

1

次の日の午後、春菜たちは横須賀市の長井にある《トラットリア・ポルタ》までやって来た。

捜査協力員の矢野紗也香と午後二時に会う約束になっている。

アップルグリーンの自転車が一台しか駐まっていない駐車場に、康長は覆面パトを乗り入れた。

クルマを下りると、潮の香りをいっぱいに含んだ夏風が春菜を出迎えてくれた。

「わぁ、いいところ」

春菜は反射的に叫んでいた。

清々しい青空には積乱雲が激しく湧き上がっている。

本部の真ん前の横浜港で見る入道雲はこんなに力強くないような気がする。

降り注ぐ陽光がまぶしく春菜の目を射る。

目の前は横須賀市では最大という長井漁港だった。

海沿いの道路の向こう側には、こちらに船尾を見せて小型の漁船がずらりと並んでいる。

港の左右には白い建物が目立つ。左手は水産会社、右手はマンションのようだ。

赤灯台のある堤防の向こうにはセルリアンブルーの海がひろがる。

くっきりと江の島が浮かび、背後には丹沢方向の山波が霞んでいる。

店のドアを開けると、店内はそれほど広くはないが、カウンターがメインのすっきりとしたインテリアだった。

本来は予約制のイタリア料理店で休憩時間らしいが、紗也香の行きつけの店ということで特別に開けてもらっている。

表向きは準備中の時間となっている。

窓辺のテーブル席にひとりの女性が座って文庫本を読んでいた。

卓上のコーヒーからは湯気が上っていた。

女性は春菜たちが近づくとパッと立ち上がった。

「矢野です。わざわざ横須賀まで来て頂いてすみません」

紗也香はにこやかに笑った。

ショートボブに薄化粧がかわいらしい雰囲気を醸し出している。

コラージュ的な華やかなデザインのTシャツの上に白いバルキーな薄手のコットンカーディガンを羽織っている。

「お忙しいのにすみません」

春菜の言葉に紗也香はかるく首を横に振った。

「今日はお休みをとって、こちらのランチと海を楽しんでる日なんで大丈夫です」

「それにしても、素晴らしい眺めですね」

春菜は窓の外に目をやった。

漁船が浮かぶ海と江の島がきれいに切り取られて一枚の絵のように見える窓だ。

「わたし、ここから眺める長井港が一番好きなんです……どうぞお掛けください」

春菜と康長は紗也香の正面に座った。

明るいグレーのエプロンを掛けたひっつめ髪の若い女性が近づいてきた。

「あ、今日は開けて頂いてすみません」

春菜はかるく頭を下げた。

「ご苦労さまです。シェフは休憩に入っちゃってるんで、お飲み物しかお出しできませんが」

さわやかな笑顔で女性は言った。

「コーヒー二つお願いします」

康長がさらっとオーダーした。

「お待ちください」

女性はにこやかにうなずいて厨房に戻っていった。

「あらためまして、今日はありがとうございます　刑事部専門捜査支援班の細川と申します」

「同じく刑事部の浅野です」

春菜と康長は名刺を出して名乗った。

「矢野紗也香です」

紗也香はアイボリーホワイトで洒落《しやれ》たフォントの名刺を差し出した。

——株式会社エムラート　プロデューサー　矢野紗也香

その横にみなとみらいの住所と電話番号やメールアドレスなどが書かれている。

「どんなお仕事をなさっているんですか」

春菜はさらりと切り出した。

「アパレル関係の専門商社です。わたしは三年前までうちの会社の秘書室におりました。でも、なんだか疲れちゃって……海のきれいな三浦市に引っ越してきました。現在は異動して商品企画戦略室という部署にいます。市場を観察することにより、これからのトレンドを検討して仕入れる商品を決定してゆくような仕事です。在宅ワークも多いので気に入っていま
す」

紗也香はにこっと笑った。

きちっとしたスーツを着てしっかりとメイクすれば、いかにも社長秘書という雰囲気だ。

「三浦市にお住まいなんですよね」

春菜は念を押すように訊いた。

協力員名簿に記載された住所は三浦市初声町だった。

「はい、三年前から三崎口の駅近くのマンションに住んでいます。横浜までは京急の特急を使えば一時間弱ですし、始発駅だから座れるので通勤は意外と楽です。それにこのお店まで五キロもないんです。自転車ならすぐですよ。三浦は畑もきれいだし、海にかこまれている

ので素敵な土地です」

嬉しそうに紗也香は言った。

たしかスイカと大根が有名な土地柄だ。

「いいですね。わたし横浜の瀬谷に住んでるんですが、こっちのほうに引っ越してこようかな」

春菜は横浜市以外に住むことは考えていなかったが、そのほかの土地に住めば生活も変わってくるのかもしれない。ただし、通勤が大変そうだが……。

「ちょっと買い物が不便なんですけどね」

紗也香は肩をすくめた。

「さて、今日はウルトラセブンについてお詳しい矢野さんに伺いたいことがあって、お時間を頂きました」

春菜はコーヒーを一口飲むと、用件を口にした。

「不思議に思われるでしょうね。『ウルトラセブン』なんて男の子の趣味のような気がしますよね」

「女性のファンもいるとは思いますけど……」

春菜の言葉は鈍った。たしかに春菜自身は特撮にはあまり興味がなかった。

「わたし、元彼の影響でウルトラシリーズを見始めたんです。最初は嫌々だったんですが、いつの間にかすっかり『ウルトラセブン』にハマってしまって」

照れたように紗也香は笑った。

「そうだったんですか」

「わたしの知り合いの方で、二人とも大学時代に同じ特撮研究会にいらして、ご結婚なさったご夫婦がいらっしゃいます。もう五〇歳を過ぎていますが、現在もとても仲よく暮らしていらっしゃいます。やはり同じ趣味を持つ男女というのはうまくゆくんですね。でも、わたしは、まぁ一年半くらいで別れちゃって、残ったのはセブンだけなんですけどね」

紗也香は明るく笑った。

屈託のないその笑い声は、紗也香に別れた男性への想いが残っていないことを物語っていた。

「どうして『ウルトラセブン』にハマったんですか」

春菜はその理由が訊きたかった。

「はっきりとはわかりません。でも、やっぱりセブンが地球に侵略しようとする宇宙人や怪獣と戦うドラマってすっきりするじゃないですか。だけどウルトラマンとかゴジラじゃだめなんです。ゴジラが典型的ですが、精神性は感じられません」

考え深げに紗也香は答えた。

「なるほど、その通りだなぁ」

横から康長が口を出した。

「そうです。ゴジラは言ってみれば猛獣のようなものです。その点、セブンの敵は知能が高い宇宙人です。彼らはさまざまな計略で地球人を脅かそうとします。それにセブンは単純な勧善懲悪じゃないし、考えさせられることが多いドラマです」

我が意を得たように紗也香は答えた。

「なるほどよくわかりました」

春菜は続けて非常勤職員としての捜査協力員の性質や留意事項について告げた。

「コンプライアンスについても知っていなければならない部署におりましたので、そのあたりの認識はあります。ご心配には及びません」

紗也香はきっぱりと答えた。

「安心しました……さて、今日は七月七日に起きた殺人事件に関する捜査で伺いました」

春菜は本来の用件を切り出した。

「七夕の日ですよね。ニュースで見ました。『電撃ミラクルレンジャー』の特技監督の方ですね。ニュースをよく見ていなかったので詳しくは知らないのですが」

自信がなさそうな顔で紗也香は言った
「はい、相木監督はカメラクレーンのアームに打たれて亡くなりました……」

今回の事件について春菜はかいつまんで話した。

「事件は《さがみ湖リゾートプレジャーフォレスト》で起きました」

春菜は静かに言った。

「そうだったんですか。あそこは『セブン暗殺計画』のロケ現場ですね」

「よくご存じですね」

「ええ、セブンファンで知らない人は少ないでしょう」

「わたしたち、昨日、現場に行ってきました」

昨日の捜査について春菜は詳しく話した。

「なるほど……処刑の場所として力道山を選んだという、その方の仮説は正しいと思います」

はっきりと紗也香は言い切った。

「カプセルについてはどうでしょうか」

春菜は質問を変えた。

「ミクラスのカプセル。わたしは……お守りではないかと思います」

紗也香は春菜の目を見て言った。

「お守りですか？」

春菜は念を押した。

「わたしの勝手な考えですが、聞いてくださいますか」

遠慮がちに紗也香は言った。

「もちろんです。セブンファンの方の気持ちを聞いてみたいのです」

やわらかい声で春菜は言った。

「犯人は自分をミクラスになぞらえていると思います。それは『ミクラスの恨みを知れ』というメッセージからも明らかでしょう。犯人はミクラスが相木監督と戦って勝つストーリーを心のなかに描いていたに違いないです。それは犯人にとって処刑にほかならなかった。だから力道山を選んだ。ですが、ミクラスが登場するためにはカプセルが必要です。モロボシ・ダンが『ミクラス頼んだぞ』と叫んでカプセルを宙に投げなければならないんです。犯人はカプセルを宙に放ってから犯行に移ったのかもしれません」

紗也香は熱っぽく語った。

セブンの話になると、人が変わったように饒舌になることが春菜には興味深かった。

なるほど、あの現場の上の駐車場から投げれば、ロケ現場の草むらに落ちるかもしれない。

「すごく参考になりました」

春菜は頭を下げた。

「ところで、この長井港は『ウルトラセブン』のロケ地なんですよ」

さらりと紗也香は言った。

「本当ですか」

「そうだったのか」

意外な言葉に春菜も康長も驚いて訊いた。

「はい、傑作・問題作と言われている第四二話『ノンマルトの使者』のロケ地として使われています。『ウルトラセブン』は円谷特技プロが世田谷の砧《きぬた》にあったこともあって、東京西部のロケ地がとても多いです。でも海辺、とくに磯浜のような光景は都内にはありません。『ノンマルトの使者』は海辺が主要な舞台です。それで、ここ長井港や近くの長井漆山《うるしやま》漁港が口ケ地として選ばれたのです」

紗也香はにっこりと笑った。

「きれいな港ですものね」

春菜は相づちを打った。

「『ノンマルトの使者』のメインとなる海岸シーンは伊豆の入田《いりた》浜《はま》で撮影されましたが、この港付近でダンとアンヌが聞き込みにまわるシーンを撮っています。長井港はほかにも『ウルトラQ』の第二〇話『海底原人ラゴン』や、『ウルトラマン80』の第三四話『ヘンテコリンな魚を釣ったぞ！』でもロケに使われています。でも、なんと言っても『ノンマルトの使者』が傑作です」

「どんなお話なんですか」

春菜はうっかり聞いてしまった。

事件とは直接関係がなさそうなのに、関心が先に立ってしまった。

「ストーリーをお話しする前に、この作品は金城哲夫さんの作品として有名なので、そのあたりから説明しますね」

紗也香は口もとに笑みを浮かべて言葉を継いだ。

「『ノンマルトの使者』はメイン監督の一人である、ご存命の満田かずほさんが監督しました。また、特技監督はベテランの高野宏一さんです。さらに脚本は金城哲夫さんです。金城さんは一九六三年、円谷特技プロに設立メンバーとして参加し、『ウルトラQ』『ウルトラマン』『快獣ブースカ』『ウルトラセブン』などの脚本を書いて第一次怪獣ブームに火をつけた人物です。とくに『ウルトラQ』では企画・脚本・制作プロデューサーを担当しました。『ウルトラQ』の生みの親とも言えます。またウルトラシリーズ三作の高い完成度を創り出したと言われています。初期円谷プロ最大の功労者のひとりです」

「ほかの捜査協力員さんも金城哲夫さんの名前を口にしていました」

春菜の言葉に紗也香はしっかりとうなずいた。

「金城作品には傑作が多いのですが、ここでロケをした第四二話の『ノンマルトの使者』はセブン最大の問題作とも言われています」

「どうしてですか？」

「第四二話は、いままでのストーリーを否定しかねない危険な要素を持った物語だったからです。地球人のために戦って宇宙人を倒してきたウルトラセブンの働きを、疑問視しなければならない物語なのです」

眉間にしわを寄せて、紗也香は言った。

だが、春菜には紗也香の言葉が抽象的でよくわからなかった。

「どうして危険なんですか」

「ノンマルトは海底人です。地球人より古くから高度な文化を築いていました。ですが、地球人によって海底に追いやられたのです。だから、地球人は海底に手を出してはいけない。なのに、地球人は海底開発を始めている。すぐに地球人は海底から手を引け。アンヌ隊員にそう警告するのは、真市《しんいち》という少年です。しかもセブンの故郷M78星雲では、ノンマルトは地球人を意味する言葉です。ノンマルトは地球の先住民なのではないかとセブンは悩みます。ところが、ノンマルトは怪獣ガイロスで地球人を襲ってきます。さらに奪った原子力潜水艦を使って襲ってこようとするのです。結果としてセブンはノンマルトと戦い、ウルトラ警備隊はノンマルトの本拠地を襲撃して殲滅《せんめつ》してしまいます。真市少年は『ウルトラ警備隊のバカヤロー！』と叫びます。ところが、最後に真市少年の母親がやって来て、真市が二年前に亡くなっていたことをアンヌたちに告げます。母親は真市の墓に花を供えに来たのです。さらにアンヌ隊員は『真市安らかに』と書かれた墓石を見ます。つまり、ノンマルトに関する話が真実なのかどうかはわからなくなってしまいます」

複雑な表情で紗也香は説明を終えた。

「ずいぶんと含みの多い話だなぁ」

康長は息を吐きながら言った。

「ほんと、このストーリーはとても子ども用とは思えないですね」

驚きを込めて春菜は言った。

「『ウルトラセブン』は『ウルトラマン』の高視聴率を維持するとともに対象年齢層を引き上げようと意図されました。金城哲夫さんはかなり大人っぽいストーリーを書いていると思います。このストーリーを巡って、現在ではさまざまな解釈が試みられています」

紗也香は春菜と康長の顔を交互に見て言葉を継いだ。

「金城哲夫さんは東京生まれですが、沖縄で育ちました。幼児の頃、太平洋戦争末期の沖縄戦に見舞われ、上陸した米軍から逃れて洞窟に隠れていたところを捕虜となり、助かった人なのです。わたしは金城さんにとって先住民のノンマルトは沖縄人、つまりウチナンチュを示すものだと考えています。地球人は本土人、つまりヤマトンチュなのではないでしょうか。金城さんがウルトラ警備隊にアメリカ軍を重ね合わせていないとは言い切れないでしょう。『ノンマルトの使者』はいまだに解決していない沖縄問題を描いた社会派ドラマだと思います。こうした作品が見られるのも、『ウルトラセブン』が魅力的な理由です」

ちょっと背筋を伸ばして紗也香は言い切った。

「金城哲夫さんはその後も円谷プロで社会派ドラマの脚本を書き続けていたのですか」

春菜の問いに紗也香は首を横に振った。

「いいえ、ウルトラシリーズで大人気を獲得した金城哲夫さんですが、円谷プロでその後に手がけた『マイティジャック』や『怪奇大作戦』の視聴率は低迷します。金城さんは円谷プロを退社し、失意のうちに沖縄に帰ります。やがて一九七二年に沖縄が本土復帰し、一九七五年に沖縄国際海洋博覧会が開催されました。金城さんは沖縄博の構成や演出を行いました。しかしさまざまな批判もあって金城さんは苦しみます。翌年、泥酔して書斎へ窓から入ろうとして足を滑らせて転落し亡くなります。まだ三七歳の惜しすぎる死でした」

紗也香はしんみりと言った。

「悲劇の人ですね」

春菜は相づちを打った。

「ウルトラセブンの脚本家にはもう一人、沖縄人がいます。上原正三さんです。上原さんは後に東映で『がんばれ!! ロボコン』や『宇宙刑事ギャバン』などの脚本で活躍します。上原さんは金城さんについて『マイノリティーの視点はつねにもっていた。権力で理不尽に制圧されるものへの正義感だ。沖縄出身者なら、みんなそうですよ』と語っています。ちなみに金城さんは途中から『マイティジャック』の脚本で忙しくなったので、上原さんと、『コメットさん』などの脚本家である市川森一さんの二人がかなり頑張ったようです」

「いろいろな人の才能や感覚、思想が『ウルトラセブン』の物語を紡いだのですね」

春菜の言葉に紗也香は大きくうなずいた。

「上原さんはまた、『ウルトラマン』は金城さんが常に中心にいたからまとまっていた、『ウルトラセブン』はいい意味でのとりとめのなさがよかった、という趣旨の発言をなさっています」

紗也香は口もとに笑みを浮かべて言った。

たしかに『ノンマルトの使者』は興味深い作品だが、やはり事件とは関係がなさそうだった。

春菜はそろそろ話を打ち切るべきだと考えた。

康長に視線を移すと、かるくあごを引いた。

「貴重なお話をいろいろと伺えてよかったです」

春菜は頭を下げた。

「もっとお話ししたいことがたくさんあるような気がしますが……よろしいのですか」

紗也香はちょっと惜しそうに言った。

「はい、じゅうぶんに参考になりました」

やわらかい笑みを浮かべて春菜は答えた。

「そうですか。わたし、ちょっとシェフとお話ししていきますので、ここで失礼します」

あきらめたように紗也香は笑った。

2

翌日の午後、春菜と康長は横浜ベイクォーターの《アイランド・カフェ》に来ていた。

捜査協力員の佐々部祐一に会うためだった。

この店はハワイの人気カフェが日本にはじめて出した店で、なかなか人気があるそうだ。

明るい店内で窓の外にはテラス席も用意されていた。

ゆるやかなスラックキーギターの音色が店内を包んでいる。

店の入口で春菜のスマホに着信があった。

「やぁ、こんにちは。佐々部です。窓辺のいちばん奥の席にいるよ」

スマホから明るい声が響いた。

指定された席を見ると、年輩の男性が手を振っている。

春菜たちはゆっくりと近づいていった。

「さぁ、座って座って」

二人は佐々部の正面に座ると、それぞれに名乗って名刺を渡した。

「僕の名刺いる？」

春菜たちの名刺は見ずに、佐々部は訊いてきた。

「できれば頂きたいのですが」

「うっかり忘れちゃったよ。後で名刺に書いてある県警の部署に送っとく」

照れたように佐々部は頭を掻いた。

「よろしくお願いします」

春菜はていねいに頭を下げた。

佐々部は五七歳という年齢より若く見えた。

少し長めの髪には白いものが交じっているが、黒々としている。

細長い輪郭に高めの鼻が目立つ。

派手なイラストをパッチワークにしたTシャツの上に、紺色の薄いジャケットを羽織っている。

クリエイターのようにも見え、どこか神経質そうな雰囲気が漂っている。

「細川さんは新卒？　ベテランの浅野さんが指導係なのかな？」

春菜と康長の顔を交互に見て佐々部は訊いた。

「いえ、わたしもう九年目です。浅野は別の部署におります」

いつものことながら、勘違いを正すのは面倒くさい。

「女子大生くらいにしか見えないねぇ」

佐々部は春菜の顔をじっと見ながら言った。

「そうですか……三〇ですよ」

年齢の話はもういい。

「へぇ、そうは思えないねぇ……浅野さんは捜査一課か。なかなかいい男だな」

笑い混じりに佐々部は康長の顔を見た。

「恐れ入ります」

康長は返事に困っているような顔で答えた。

春菜は本題に入ろうと思ったが、佐々部が先に口を開いた。

「捜査協力員って制度はおもしろいね。県民から各分野の専門知識を持つ者を集めているんだろう。だが、僕も特撮にはまぁ詳しいけど、素人《しろうと》だからね。応募要項を見たけど学者などの専門家は別らしいね」

佐々部は春菜の目を見て訊いた。

「研究者の方は公募はしておりません。別の者が担当しております。わたしが県民の捜査協力員の皆さまの担当をしています」

春菜はにこやかに答えた。

「僕はねぇ、特撮に対して世間の人に少しでも知ってもらいたいと思って捜査協力員に登録したんだ」

まっすぐに春菜の顔を見て佐々部は言った。

「登録して頂きありがとうございます。ご協力に感謝します」

こうした県民の存在は、春菜たちにとっては大変にありがたい。

「若い頃は業界にいたから……でも、僕には才能がなかった。特技監督を目指したが、まったく芽が出なかった。だから三〇歳になる前に特撮業界を去った。それこそ、『やりがい搾取』そのもののブラックな職場きわまりないものだった。若いヤツらがどんどんやめていった。厳しさに耐えられず僕も自分の専門分野に鞍替えした」

自嘲的に佐々部は笑った。

「どんな分野ですか」

「美大で学んだインダストリアルデザイン……つまり工業デザインだ」

「なにをデザインしていらっしゃるんですか」

「いろいろ挑戦して、結局は家具をデザインするようになった……これが正しかった。いまはファニチャーデザイン事務所を経営している。大手のメーカーからの受注でなんとか食べているよ」

佐々部は自信たっぷりに言った。

現在、佐々部は社会的に成功しているのだろう。

「今日は七月七日に相模原市内で起きた事件の関係で伺いました」

春菜は本題を切り出した。

「七日に相模原市内……まさか相木さんの事件のことなのかい」

佐々部は春菜の顔を見て訊いた。

「事件のことをご存じなんですね」

春菜の声はいくらか高くなった。

「そりゃあそうですよ。相木監督のことは知っているから」

何気ない調子で佐々部は言った。

「お知り合いですか！」

思わず春菜は叫んだ。

「どういうことですか……捜査本部の捜査では佐々部さんの名前は出てきませんでした」

康長は不思議そうに言った。

「そうだろうよ、僕が相木さんを知っていたのは大昔のことだからね。かつては映像技術研究所と呼ばれていたアイスタッフに勤めていたことがあるんだ。アイスタッフは東宝やTBSなどの下請け会社でね。たとえば円谷プロの『平成ウルトラセブン』なんかも撮っていた。操演《そうえん》の助手で契約社員だったが、彼は本編班のサード助監督だったんだよ。二人とも同世代だからときどきは口もきいたし、飲み会で一緒になったこともある。だけど僕は特撮班だったから、そんなに親しいわけじゃなかったがね。いずれにしても、三〇年くらい前のことだ。そうだな一九九〇年代の前半だ」

さらりとした口調で佐々部は言った。

「アイスタッフの従業員は調べているはずなんですが、なるほど、さすがに三〇年くらい前の従業員は調べられないなぁ」

康長は低くうなった。

「操演ってどんな仕事なんですか」

春菜は素朴な疑問を口にした。

「特撮の世界で、ワイヤーアクションやミニチュアの操作、それから火、水、風などの自然現象の演出を実際に担当する役割のことだよ。トップは操演技師で、僕たちはその指示でピアノ線を引っ張ったり、火薬を仕込んだりする。古くはクレーン操作などを行う特殊機械係が担当していたが、円谷英二監督が独立した部署を作って操演と名づけたんだ。操演の仕事は、特撮の効果を自分たちが作っているんだって実感できる。とてもやりがいがあった」

なつかしそうに佐々部は言った。

「うらやましいような気がします」

操演の仕事は特撮の最前線なのだ……春菜にはそう思われた。

「だけど危険きわまりない仕事だった。ちいさなケガをすることはしょっちゅうだ。切り傷やすり傷は絶えない。ヤケドすることもある。若いヤツ以外は務まらないだろうな。ピアノ線で宇宙船を引っ張っているときに、右手の中指と人さし指を骨折した。それからやめることを考えはじめた。その事故から一年後に自分には見込みがないと思ってさっさとやめたよ」

佐々部は口もとに笑みを浮かべた。

「若いエネルギーを操演の仕事に炸裂させたというわけですね」

康長が明るい声を出した。

「ま、そういうわけだ。僕自身の昔話はこれくらいにしとこう。君たちは相木さんのことが訊きたいんだろう」

佐々部は春菜の顔を見ながら訊いた。

「ぜひ、お願いします」

春菜は頭を下げた。

「相木さんは二〇代の後半だった。仕事一途のまじめな男でねぇ。監督の意図を汲んでの衣装や小道具などの発注が細かいんだ。ほかの担当者の三倍くらいのボリュームの発注書を作るんだ。たとえば、脚本に襟が白の生成りのワンピースみたいな記述があるとすると、『襟はアタッチドカラーで生地はモスリン、スカートのプリーツは何本』と細かい指定をする。ほかの部署には相木さんに苦手意識を持つ者が多かったね」

唇をわずかに歪めて佐々部は笑った。

「あの……助監督ってどんな仕事なんですか」

春菜はそもそも相木が務めていたという助監督の仕事を知らなかった。

「文字通り、監督の補佐だ。現場で監督の指示を受け、さまざまな仕事をする。サード助監督は、キャリアが半年から五年未満の者のポジションだ。サードは主に美術や小道具を担当するんだ。美術部や装飾部に監督のイメージを伝えて発注し、各シーンに必要なものを用意して管理する。美術部と一緒に作業することも多いね。特撮班とも一緒に作業をすることが少なくなかった。そうそう、カチンコを打つのもサード助監督の仕事だよ。あれは映像と音声をシンクロさせるための目印になるんだよ」

佐々部はしたり顔で説明した。

「まったく知りませんでした」

春菜はカチンコを打つところは映像で何度も見ている。だが、どんな役割かは知らなかった。

「相木さんは仕事のことしか頭になかったから、たとえば女性についてもあまり関心がなかった。もちろんあの頃のことしか知らんがね。だが、彼はその後も家庭を持たなかったのだろう？」

「そのように聞いています。結婚もせず、子どももいませんでした」

春菜に代わって康長が答えた。

「やはりそうだったか」

佐々部はゆっくりとうなずいた。

「相木監督を恨んでいたような人はいませんでしたか」

春菜はゆっくりと尋ねた。

「そんな人はいないと思うけどねぇ。なにせ僕が知ってるのは若いときのあの人だからね」

あいまいな顔で、佐々部は答えた。

「さて、佐々部さんは『ウルトラシリーズ』に詳しいということで、今日はお時間を頂きました」

あらためて春菜は言った。

「ああ、相木さんほどではないと思うけどね。あの人は『ウルトラセブン』に憧れて、この業界に入った人間だからね。とくに金城哲夫さんを尊敬しきっていたな。だけど、僕もウルトラシリーズはいまでも好きだよ。まぁ、そんなに詳しいわけではないがね。円谷特技プロにいて『ウルトラセブン』の制作に実際に携わっていた人たちが、あの頃はアイスタッフの先輩にいたからね。あの会社の操演技師や特技チーフはみんな円谷プロで昭和四〇年代に働いていた人だ。たいていはもう死んじまったがね、あの頃は、僕も本当にお世話になった」

佐々部は背筋を伸ばした。

「その人たちは『ウルトラセブン』を実際に作っていたんですものね」

春菜の言葉に、佐々部はしっかりとうなずいた。

「そうさ、金城哲夫さんや上原正三さん、実相寺昭雄さんや飯島敏宏さんと一緒に働いていたんだ。だから、本当のことを知っている。最近は、ネットの発達でやたらと詳しい人が多いからね。なかには円谷プロにいた人が覚えていないような細かい知識を書いている人や、スタッフたち本人が考えてもいなかったようなことを論じている人もいる。とくに『ウルトラセブン』が制作された昭和四〇年代の時代背景を考えていないような意見が目立つね。あの時代はとにかく精いっぱい仕事をするしかなかった。テレビは黎明《れいめい》期で、誰もががむしゃらに仕事をしていたんだそうだ」

最後のほうは苦い顔になって佐々部は言った。

非常に興味深いが、話を今回の事件に絞ってゆかなければならない。

「今回の事件ですが……」

春菜は事件の概要と捜査協力員についての注意事項を佐々部に話した。

「守秘義務についてはよくわかっているよ。心配しなくていい。僕もいちおう会社を経営している側だからね。企業のコンプライアンスについてもある程度は勉強しているからね」

微笑《ほほえ》みを浮かべて佐々部は答えた。

「犯人はウルトラセブンのファンではないかと考えているのです。佐々部さんはどうお考えですか」

春菜は確実視していることを佐々部に告げた。

「そうとしか思えませんね。僕はそのカプセルのレプリカを知らないが、そんなもんを使うことや、『ミクラスの恨みを知れ』などというメッセージはふつうじゃない」

佐々部は迷いなく答えた。

「事件現場には一昨日行ってみました……」

春菜はこれまでの捜査について話した。

「《さがみ湖リゾートプレジャーフォレスト》か……。むかしの力道山だ。『セブン暗殺計画』のロケ地だよね。僕は直接には行ってないけどね。あの回は飯島敏宏監督、高野宏一さんが特殊技術の鉄壁コンビだったたな。ウルトラ警備隊が一丸となってセブンを救うんだよなぁ。最後にセブンを復活させるエネルギーを積んだマグマライザーが突撃するんだ。最後の、助かったモロボシ・ダンをみんなでふざけて突き飛ばすシーンもいい。隊員たちの喜びがダイレクトに伝わってくる。あのシーンは藤川桂介さんの脚本にはなくて、その場で飯島監督がつけ加えたって話だ。だけどね、そうしたシーンが生きてくるのもあの十字架のシーンがあるからだ。セブンが磔刑《たっけい》にされるなんて前代未聞だからね。『ウルトラセブン』全四九回のうちでもこころに残るシーンだ。ストーリーを忘れても、あの十字架を覚えている人は多いんじゃないかな」

考え深げに佐々部は言った。

「処刑場説にはやはり賛成できるな」

康長は納得したようにうなずいた。

「犯人があの地を処刑場と考えたというのは当たっているかもしれない。また、ミクラスが相木監督と戦って勝つ、それは犯人にとっての処刑だという考えには納得できるな」

佐々部はきっぱりと言い切った。

「昨日、わたしたちは長井港にも行ってきたんです。ウルトラシリーズのロケ地だそうですね」

春菜は話題を昨日の面談に転じた。

「長井港か。『ノンマルトの使者』のことを思い出すな。あの海辺もセブンファンにとっては大切な場所だよ。今回の事件と関係があるのかね」

興味深げに佐々部は訊いた。

「いえ、捜査協力員さんにお目に掛かるために長井港に行ったのです。その方の指定です」

長井港を選んだのは矢野紗也香であって、春菜は現地に行くまでロケ地であることは知らなかった。

「相木さんの大好きな回だったからな」

意外そうな声で佐々部は言った。

「そうなんですか」

春菜の胸は騒いだ。

「ああ、『ノンマルトの使者』は、金城哲夫さんの大問題作だからね」

佐々部は春菜の顔を見て嬉しそうに言った。

「そのあたりの事情は昨日の捜査協力員さんから伺いました」

春菜の言葉に佐々部は声を立てて笑った。

「あはは、『ウルトラ警備隊のバカヤロー！』だろ。あれにはスタッフみんなが青くなったみたいだね。なんせ、正義の味方を少年が罵るんだからな。金城さんはあれ以前から『怪獣は果たして悪なのか』と考えていた。もっとも当時の若い脚本家や監督たちは皆、同じような考えを持っていたんだ。まったくの勧善懲悪というストーリーに対する疑問があったんだよ」

佐々部は春菜と康長を交互に見て、はっきりと言い切った。

「なるほど、時代の変わり目だったわけですね」

春菜の言葉に佐々部はしっかりとあごを引いた。

「まさにそういう時代だな。高度経済成長のど真ん中だからね。だからこそテレビもどんどん普及していった。僕や相木さんは一九八〇年代後半に業界入りしたわけだから時代はまったく違う。だけどね、相木さんは金城哲夫さんに憧れて特撮業界に入った人だ。金城さんの精神を自分のなかで受け継ごうとしていたんだ」

にこやかに佐々部は言った。

「でも、金城哲夫さんはとっくに亡くなっていますよね」

金城が現役だった頃は相木は子どもだったはずだ。

「相木さんは一九七六年に亡くなった金城さんに会ったことはないだろう。彼は作品を通じて金城さんを知ったのだ。金城さんの物語作りの根幹を成す『ポジティブな娯楽志向』……いまで言えば明るいエンタメ志向とでも言えばいいかな。この精神が金城さんのすべての物語の方向性を決めていた。相木さんはその精神を深く敬愛していた。金城さんのこうした精神は師匠の関沢新一《せきざわしんいち》さんゆずりなんだ」

またも新しい名前が出てきた。

「関沢新一さんも脚本家なんですか」

「そうさ。初期だと本多猪四郎《ほんだいしろう》監督と円谷英二特技監督の『モスラ』や『モスラ対ゴジラ』などの特撮もの、岡本喜八《おかもときはち》監督の『暗黒街の対決』や『独立愚連隊西へ』などのアクションものの脚本が有名かな。『ウルトラマン』や『マイティジャック』の脚本も書いているよ」

関沢氏も大物脚本家だったらしい。

「つまり、相木さんはエンタメの人だったんですね」

念を押すように春菜は訊いた。

「そういうことだ。視聴者を楽しませることが相木さんにとって最優先の課題だったんだ。彼の最新作である『電撃ミラクルレンジャー』もエンタメ精神に満ちた作品だ。相木さんは現場でも『とにかく視聴者を楽しませなきゃダメだ』といつも言っていた。金城さんの精神だよ」

はっきりとした声で佐々部は言った。

「昨日、お会いした捜査協力員さんは、金城さんにとって先住民のノンマルトは沖縄人で地球人は本土人、ウルトラ警備隊にアメリカ軍を重ね合わせていたのではないか、と言っていました。さらに『ノンマルトの使者』はいまだに解決していない沖縄問題を描いた社会派ドラマだと主張していました」

春菜の言葉に、佐々部の顔は曇った。

「いろんな人間が『ノンマルトの使者』を沖縄問題と結びつけようとする。金城さんのもとで働いた先輩たちはそんなことは言っていなかった。いいかい？　そもそも『ノンマルトの使者』のアイディアは金城哲夫さんと満田かずほ監督の居酒屋での会話が出発点なんだ。ふたりはよく飲んでいた。満田さんは飲みながら『地球って、本当に最初から我々人類のものなのかねぇ』という軽口を金城さんに言ったそうだ。その話にヒントを得て金城さんはあの話を書き上げたんだ」

佐々部は薄笑いを浮かべた。

「社会問題ではなく、居酒屋での軽口が出発点か」

康長はあきれたように言った。

「たしかに金城さんは沖縄戦で大変な目に遭っている。その精神の根本に沖縄人としての苦しみや悩みがあったことは間違いない。さらに無意識のうちに沖縄人というマイノリティーとしての感覚がにじみ出ていることもあるだろう。だけどね、『ノンマルトの使者』はそのようなテーマを狙ったものではないと思う。先輩は言っていた。『金城さんは徹底的にエンタメの人だった。視聴者を楽しませることしか頭になかった』とね。同じ沖縄人の上原正三さんは『本音が思わず出てしまったのでしょう』と言っている。沖縄問題を真正面から描いたなんてのは後世の後付けだよ」

厳しい顔つきで佐々部は言葉を継いだ。

「相木さんはね、このことにこだわっていた。飲んだときに『後世の後付けは本当に吐き気がする』って言っていた。僕もクリエイターの端くれとして、自分の作品に後付けで勝手な解釈をされることは非常に不愉快だ。相木さんの気持ちはよくわかる」

佐々部は言葉に力を込めた。

昨日、紗也香が言っていたことと正反対だ。

どちらが正しいのかは、もちろん春菜にはわからない。

しかし、ひとつの物語にこうした解釈がなされることは、『ウルトラセブン』というドラマがファンにとって大きな存在であり、長い歴史を持つことを示しているように思えた。

「だいたい、金城さんが『ウルトラセブン』に社会派メッセージを込めたことが強調されているのは、マスメディアのせいだよ。『私が愛したウルトラセブン』というドラマを知っているかい」

「いえ、知りません」

春菜は首を横に振った。

「ファンの間ではかなり有名なんだ。三〇年くらい前にＮＨＫが制作した長時間ドラマさ。

このドラマのなかでも金城さんは沖縄のことで悩み、その煩悶がセブンのストーリーを形作ったとして描かれている。さらにはそのことがきっかけで円谷プロをやめてしまう。だが、これはまったくのフィクションなんだ」

佐々部はおもしろそうに言った。

「どんなドラマなんですか」

「うん、田村英里子《たむらえりこ》さんが演ずるアンヌ隊員を主役として、『ウルトラセブン』の撮影秘話とキャストやスタッフの青春群像を描いたドラマとされている。だけどね、豊浦美子さんがアンヌ役を降板することになったのは映画出演のためだ」

「あ、その話は聞いたことがあります」

平田が言っていた話だ。

「それがさ、金子美香《かねこみか》さん演じる豊浦さんらしき役が交通事故を起こして入院したためと描かれている。おまけにセブンの脚本執筆陣の一人、赤井鬼介《あかいおにすけ》さんをモデルにした脚本家をこの事故で殺しちゃってるんだからねぇ。実際には赤井鬼介さんはその後も三〇年は生きてるよ」

声を立てて佐々部は笑った。

「え、生きてる人なのにドラマで殺しちゃったんですか」

春菜は素っ頓狂な声を出した。

「セブンの脚本家だった市川森一さんが書いているドラマだから、視聴者は史実だと誤解するよね。きっと殺された赤井鬼介さんをはじめ内輪では大受けだったんだろうけどね」

春菜からすればとんでもない話だ。

テレビ人の感覚というのはどうも信じられない。

「それからね、菱見百合子さんは東宝の若手女優だから豊浦さんと交替したんだ。だけど、ドラマではバイトに来ていた女子大生を、満田監督が見そめたことになっている。つまり史実からすればメチャクチャさ。そのあとも事実とは異なるエピソードの連続だ。熱心なセブンファンはフィクションであることをよく知っている」

「じゃあ、ファンは真実とは誤解していないんですね」

春菜の言葉に、佐々部はあいまいに笑った。

「でもね、ここが問題なんだが、市川森一さん自身も石川新一という名で重要な脇役として登場している。香川照之《かがわてるゆき》さんが演じているんだよ。視聴者がドラマの内容に真実も多分に含まれているはずだと思い込んでも不思議はない。とくに佐野史郎《さのしろう》さんが演じた金城さんの沖縄への想いは、事実だと勘違いしたファンが少なくないんだよ。あれはよくできたドラマだ。さすがに市川さんの脚本《ホン》だよ。でも、あくまでフィクションなんだ。忘れちゃいけない」

重々しい口調で、佐々部は言葉を続けた。

「相木さんはね、あのドラマが嫌いだった。どうしてＮＨＫは金城さんがセブンに沖縄問題を持ち込んだように描くんだろうって言っていた。沖縄問題が金城さんにとって切実な問題だったとしても、セブンに安易に結びつけるのはやめてほしい。ＮＨＫは金城さんのふんどしで相撲を取ってるって怒ってたな」

静かな口調で佐々部は言った。

わずかの間、沈黙が漂った。

「ところで、佐々部さんは最近の相木監督については、なにかご存じですか」

あまり大きな期待はできないが、念のために春菜は訊いてみた。

「相変わらず仕事には厳しいが、ずいぶん丸くなったとは誰かから聞いた。だが、もうずっと会ってないからね。詳しいことは知らんね」

「ありがとうございます」

春菜が礼を言っても、佐々部はなにかを考え込んでいた。

「そうだ、最近の相木さんのことを知っている者がいるな」

思いついたように佐々部は言った。

「え……いったいどなたですか」

春菜は期待を込めて訊いた。

「戸川秀也《とがわひでや》と言ってね。僕より一〇歳くらい若い男なんだが、かつての仕事仲間でね。戸川くんは最近も相木さんのもとで働くことが多かったはずだよ。アイスタッフの照明エンジニアだよ。『電撃ミラクルレンジャー』の相木組に入っていたかどうかはわからないけどね」

これは重要な情報だ。

「アイスタッフの従業員はいちおう調べているはずなんだけどなぁ」

康長は頭を掻いた。

「その戸川さんの連絡先はわかりますか」

声を弾ませて春菜は訊いた。

「わかるよ。ちょっと待ってくれ」

佐々部はスマホを取り出すと素早くタップした。

「これだ」

画面には戸川の名前と連絡先が表示されていた。

「写真を撮ってもいいですか」

春菜はスマホを取り出しながら尋ねた。

「もちろんだよ」

快活な調子で佐々部は答えた。

画面の写真を撮ると春菜はふたたび礼を言った。

「今日はありがとうございました。貴重なお話を伺えました」

春菜が頭を下げると、

「いやいや、あんまり役に立てなかったかもしれないね」

照れたように佐々部は笑った。

「戸川さんにお会いしてみようと思います」

春菜と康長は立ち上がった。

「そうだね。よろしく言っといてください」

佐々部に別れを告げて春菜たちは店の外に出た。

すぐに戸川秀也の携帯番号に電話を入れると、明日の午前一一時に横浜市青葉区にあるTBS系列の《緑山スタジオ・シティ》で会ってくれるという。

忙しいので手短に済ませてほしいとのことだった。


「どこかで飯食ってくか」

康長がまわりを見まわしながら明るい声を出した。

「いいですね。四階と五階にたくさんのレストランがありますよ」

春菜は勝手に上りのエスカレーターのほうへ歩み始めた。

「俺はラーメンかカツ丼でも食おうと思ってたんだがな」

康長は春菜の顔を見て笑った。

「横浜駅の近くじゃ、手頃なラーメン屋とか探すのは難しいです。せっかくベイクォーターにいるんだから、たまにはマトモなもの食べましょうよ」

春菜は明るい声で言った。

「ま、いいか。相模原警察署は矢部駅から一〇分くらい歩けばいい。矢部までは横浜線で四〇分ちょいだ。六時半くらいまでは飯食っていられるな。八時からの会議にはじゅうぶん間に合う」

康長はエスカレーターに進みながらかるく笑った。

五階のフロアには和食、うなぎ屋、焼き肉店、タイ料理とさまざまな飲食店が揃っていた。

「ここに寄って行きませんか」

春菜は《エミュー・プロープル》というオイスターバーの前で立ち止まった。

「え？　牡蠣《かき》って、いまは真夏だよ」

康長は目をぱちくりと瞬いた。

「岩牡蠣の最盛期はいまなんですよ。六月から八月いっぱいくらいが美味しいんです。いまなら、生で美味しいのが食べられますよ」

牡蠣は春菜の好物のひとつだ。言っているうちによだれが出てきそうだった。

「そうなのか……牡蠣はRのつく月だと思っていたよ」

康長は鼻から息を吐いた。

康長の言葉はよく知られている。Rのつく月は九月から四月であるが、実際の漁期は一〇月から四月くらい。

「それは真牡蠣です。冬が旬でミルキーな旨味と言われていますが、岩牡蠣も負けてはいません。夏が旬でゆっくりと育つために真牡蠣より大きいんです。ジューシーで繊細な味が楽しめます。わたしはどちらの牡蠣も好きです」

春菜はにこやかに言った。

「細川は詳しいなぁ。そういうご馳走に俺は縁がないからな」

自嘲気味に康長は言った。

「ボーナス出ましたよね？　たまには栄養のあるものを食べましょうよ」

いささか強引かなと思いつつ春菜は誘った。

「まぁ、そうだな。毎日ろくなもん食ってないからな」

かるい笑い声とともに、康長は店のドアを開けた。

「いらっしゃいませ。お好きな席へどうぞ」

黒いエプロンを掛けた若い女性が歓迎してくれた。

時間が早いせいか、ほかの客の姿はなかった。

店内は白で統一されたシンプルな雰囲気だった。

店内の奥に進み、窓辺のテーブルに春菜たちは座った。

まずは生牡蠣だ。

春菜たちは殻つき生牡蠣が六ピース入った大皿を頼んだ。

「ああ、ワインが飲めたらなぁ」

うっかり本音が口をついて出た。

勤務終了時間の五時一五分は過ぎているし、会議のある康長と違って今日はもう帰宅するだけだ。

「かまわないよ」

あっさりと康長はＯＫした。

「え？　大丈夫ですか？」

驚いて春菜は念を押した。

「一杯だけだよ。生牡蠣を食べるのにワインはつきものだろ。このプロセッコを俺もグラス一杯頼むよ。矢部に着く前にはすっかり抜けるだろう」

ケロリとした顔で康長は言った。

「やったぁ、ありがとうございます」

歓声を上げて、春菜は二杯のプロセッコを頼んだ。

新潟県の岩船地方産の岩牡蠣は予想通り大きかった。春菜の掌《てのひら》ほどもある殻に白く輝く宝石のような牡蠣が並んでいる。

かるくレモンを搾って、フォークで切った一切れを口もとに持ってゆく。

「すごい。ぷりっとして最高！」

歯ごたえやジューシーさは真牡蠣をあきらかに上回る。

海の香り豊かで、濃厚な旨味が素晴らしい。

大きいので食べ応えたっぷりだ。

「いや、たしかに岩牡蠣は美味《うま》いな」

康長も笑顔でうなずいた。

「実はわたしの故郷、富山でも岩牡蠣は名産なんですよ」

「そうだったのか」

「はい、立山連峰から富山湾に注ぐ川の水が大きな牡蠣を育てます。氷見《ひみ》漁港、新湊《しんみなと》漁港、岩瀬漁港、四方《よかた》漁港、滑川《なめりかわ》漁港、魚津《うおづ》漁港、黒部漁港などで獲《と》れます。すごく美味しいけど、それほどの生産量ではないので県内で大方が消費されてしまいます」

「つまり天然ものというわけか」

「そうです。ちなみに真牡蠣の天然ものはほとんど流通していません。天然ものは岩牡蠣しか食べられないのです。実家の旅館でも夏場にはお出ししているんですよ。お客さまに大好評なんです」

ちょっと自慢げに春菜は言った。

「ここへ来てよかったよ」

満足げに康長は言った。

牡蠣フライやアヒージョも魅力的だったが、生牡蠣の力強さには勝てなかった。

春菜も康長もプロセッコを二杯飲んでしまった。

すっかり満足しきって、春菜と康長は店を出た。

横浜駅に向かうベイクウォータウォークを歩いていると潮風が吹き抜けていく。

潮風は昼間の陽光を受けた運河沿いのビル群の火照《ほて》りをゆっくりと冷ましているようだった。

第三章　ポストモダニズムの丘

1

波を描いた一面の壁画は圧倒的な存在感があった。

「さすがにすごい場所ですねぇ」

春菜は感嘆の声を上げた。

レンガのような素材で作られた、この壁だけでもとてつもなく大きい。

「たしかになぁ」

あたりを見まわして、康長もうなるように言った。

何メートルなのだろう。天井ははるかに高い。

春菜たちは横浜市青葉区にあるＴＢＳ系列の《緑山スタジオ・シティ》に来ていた。

このスタジオでは一九八〇年代以降、ＴＢＳ制作のほとんどのドラマのスタジオ撮影や、『ＳＡＳＵＫＥ』などのスポーツ系バラエティの収録が行われている。そのほかにもＮＨＫをはじめとする各種のドラマが撮影されている。

戸川はこのスタジオで、ある恋愛ドラマの撮影の休憩時間に会ってくれることになっていた。

彼が指定したのは、館内の《レインボー》という待合ロビー兼喫茶スペースだった。

キャメル色のレザーソファはどこかなつかしい雰囲気だ。

ほかの席にはどこかで見たような顔が散見される。

あまりジロジロ眺めるのもはばかられるが、有名な俳優や芸能人らしい。

いまだに喫煙席があるというのは珍しい。

メニューをちらっと見ると、パスタやオムライス、サンドイッチ、チャーハンやカレーと素朴なラインナップで、かなりリーズナブルな価格設定だ。

アイスタッフの従業員については、捜査本部でひと通り調べていたが、不審な人物は見つかっていなかった。

ほとんどの人間が別番組の撮影に携わっていて、事件当日にはアリバイがあった。

戸川についても、捜査員が直接、話を聞きに行く段階までは進んでいなかった。

佐々部の紹介がなければ、戸川に会いに来ることもなかっただろう。

約束の一一時直後に春菜のスマホが鳴った。

「戸川です。手を挙げてくれますか」

若々しい声が耳もとで響いた。

指示に合わせて春菜は右手を高々と挙げた。

すぐに黒いキャップとTシャツ姿の男が早足で近づいてきた。

「おはようございます〜」

男は快活な声で言うと、正面の椅子に座った。

細長い輪郭であごが少し尖っている。

目が細く、唇が薄い。

佐々部は自分より一〇歳くらい下と言っていたが、たしかに四〇代後半くらいの年頃だ。

「神奈川県警捜査指揮・支援センター専門捜査支援班の細川です」

「同じく刑事部の浅野です」

春菜たちはそれぞれ名乗って名刺を渡した。

「ああ、どうも『アイスタッフ』の戸川です。名刺持って来てなくて」

戸川は名刺を渡さなかった。

ちなみに戸川はほかの一部のスタッフとともに事件当日は、違う番組の本栖湖《もとすこ》のロケに出ていて、アリバイは完璧だった。

「お忙しいところお時間を頂きすみません」

春菜はちいさく頭を下げた。

「こっちこそ先に謝っときますよ。時間が取れないんです。一一時半にはスタジオに戻らなきゃなんないんで、よろしくお願いします」

笑いながら戸川は頭を下げた。

「申し訳ないです。できるだけ早くお話を聞きたかったのです」

春菜はしっかりと頭を下げた。

「来週くらいならもっとゆっくり時間を取れたんですけどね」

皮肉な調子ではなかった。今週は本当に忙しいのだろう。

「では、さっそく用件に入ります。わたしたちは七月七日に相模原市内で起きた殺人事件について調べております」

春菜は余計なことを省いて、いきなり本題に入った。

「信じられないですねぇ。相木さんがねぇ……。殺人ってのは本当なんですか？　事故じゃないんですか？」

　事件について、すでに戸川は知っている。

「残念ながら、我々は事故ではないと考えております」

　春菜は静かに首を横に振った。

「で、僕になにが訊きたいんですか？　佐々部さんのご紹介ですよね」

　気ぜわしく戸川は訊いた。

「被害者の相木さんについて伺いたいのです。戸川さんは最近まで相木さんと一緒に働いていたと佐々部さんから聞いています」

「そうだね、二年くらい前までよく相木組の仕事をしてましたからね」

　戸川は春菜の顔を見てうなずいた。

「相木さんってひと言で言うとどんな方でしたか」

　春菜は単刀直入に訊いた。

「仕事一途って感じですね」

　迷うことなく戸川は答えた。

「佐々部さんも同じことを言っていました」

　春菜の言葉に、戸川はうなずいた。

「むかしから変わらないんでしょうね。とにかく完璧主義です。なにかが気に入らないと何度でも撮り直したがる。必ずしも撮り直せないから、そういうときは相木さんはすごく苛立つんですよ」

戸川は苦笑を浮かべた。

「そんな完璧さのせいで、相木さんを恨んでる人はいませんでしたか」

春菜は戸川の顔を見て訊いた。

ほんのわずかの間、戸川は考えていた。

「苦手に思っていたり、嫌っていたりした人は何人もいると思いますよ」

戸川は淡々と答えた。

「では、犯人と考えられる人はいませんか」

期待を込めて春菜は問いを重ねた。

「でもねぇ、殺すほど恨んでた人はひとりもいないと思うんです。そこまで他人を追い詰める人じゃなかったから。彼の指示をパワハラと感じるスタッフはひねくれ者ですよ」

あっさりと戸川は答えた。

「つまり仕事関係には心当たりはないということでしょうか」

春菜は念を押すように訊いた。

「たしかに相木さんは厳しいところがありました。僕も彼の演出意図が汲みとれきれなくて、ヒロインへの照明が彼からすればとんちんかんだったらしい。頭から怒鳴りつけられた覚えがあります。僕はものすごく腹が立った」

そのときを思い出したように戸川は口を尖らせた。

「相木さんを憎みましたか」

春菜の問いに戸川は首を横に振った。

「彼を憎みはしなかった。なぜかというとね……しばらく考えてみると、相木監督の演出意図が正しいと思えたからです。それを理解できない自分が劣っているとわかったんですね。怒鳴るところは芳しくはないが、あの人は自分の仕事に信念を持ってたんです。だから、憎めなかった」

戸川はしんみりと言った。

「信念ですか？」

春菜は訊き返した。

「エンタメ精神です。相木さんは『映画やテレビドラマを送り出す者は視聴者を喜ばせなければいけない。なによりもそれが最優先されなければならない』ってね」

はっきりとした声で戸川は言った。

「佐々部さんも戸川さんと同じようなことを言っていました」

春菜の言葉に、戸川はうなずいた。

「金城哲夫さんの信念と同じですよね。ついでに実相寺昭雄監督のことを思い出しましたよ」

戸川はおもしろそうに言った。

「実相寺監督といえば、捜査協力員さんからいくつかのお話を聞きました。たとえば『狙われた街』のこととか」

とくにメトロン星人のちゃぶ台事件が、春菜のこころにいちばん印象に残っていた、と言った。

「そうそう、その話もわかりやすい」

嬉しそうに戸川は答えた。

「監督の地位を賭けて自分の信ずる演出を貫く話ですね。芸術派の鬼才のエピソードは興味深いです」

平田から聞いた話を思い出しながら春菜は言った。

「そんな風に言う人が多いですね。でも、それはちょっと買いかぶりかもしれないよ」

おどけたように戸川は眉をひょいと上げた。

「買いかぶり……」

意外な展開に、春菜は戸川の言葉をなぞった。

「相木さんは『実相寺監督は、とにかく変わった画《え》が撮りたかった人だ』って言ってましたよ。先輩たちから聞いたそうです」

おもしろそうに戸川は言った。

「そうなんですか」

驚いて春菜は言った。

「あの人が残した作品を見るとね、不思議なアングルで撮ってるんですよ。斜めとか俯瞰とかね。または画面の手前になにかを置き、主たる被写体、たとえばダンとかアンヌとかを奥に置いて撮影する『なめ』という手法を使ったりするんですよね。ほかにも、レフ板を使わず、登場人物に逆光を浴びせたり、ワイドレンズを使った接写をしたりね。サイケデリックなシーンを撮るのも大好きだった。なにせ、実相寺さんは『馬鹿馬鹿しいけどおもしろい、それがフィクションだ』という考え方の人だったからね」

戸川は片目をつぶった。

「ちゃぶ台シーンも実相寺監督本人が笑っちゃって、声出しできなかったそうですね」

春菜は相づちを打った。

「そうですよ、ひし美ゆり子さんもある動画で『実相寺さんはお茶目な人』と言ってます。『狙われた街』で懲罰人事まで受けたのにセブン第四五話『円盤が来た』では、また下町シーンを撮ったんですよ。まぁ、懲りない人って感じですね」

声を立てて戸川は笑った。

実相寺監督という一人の人間の印象も、評価する者によってずいぶんと変わるものだ。警察官である春菜にとって、重要な視点だった。

一人だけの証言、とくに人物に対する評価をそのまま信じてはいけないと、春菜はあらためて自分に対しての戒めにしようと思った。

「つまり、実相寺監督も金城さんと同じく根底ではエンタメ志向だったのですね」

春菜の脳裏でなにかがぼんやりと湧き上がっていた。

「僕はそう考えているけどなぁ。我々は芸術家ではないのですよ」

真剣な顔つきで戸川は答えた。

「しつこいようですが、もう一度伺います。相木さんを憎んだり恨んだりしている人はいませんでしたか」

春菜は念を押して問いを発した。

やはり怨恨の筋に真犯人はいるはずだ。

二年ほど前まで相木の近くにいた戸川なら、そんな人物を知っている可能性はやはり否定できない。

ふたたび考えていた戸川は、やがてはっきりと首を横に振った。

「やっぱり返事は変わりませんね。殺すほど恨んでいる人はいないんじゃないですかねぇ。現在のアイスタッフのメンバーに犯人がいるとは思えません」

抑揚のない声で戸川は答えた。

「やっぱりそうですか」

春菜は冴えない声で答えた。

「アイスタッフの従業員のなかで、相木組をやめたような人物を探してみたらどうでしょうか」

真剣な顔で戸川は言った。

「捜査本部で過去一〇年を遡《さかのぼ》って調べているんですがね。問題となりそうな人物はいませんでした」

康長が横から答えた。

さすがに捜査本部は見逃してはいなかった。

それ以前にやめた人間である可能性はあるかもしれないが、蓋然性は低いだろう。

「やっぱり違うか」

戸川は口を尖らせた。

「ほかには思い浮かびませんか……」

春菜は肩を落とした。

「うーん、そうだなぁ」

わずかの間、戸川は考えていた。

「あ、そうだ。相木監督は三年前まで大学に教えに行ってたんですよ。その関係は調べていますか」

思いついたように戸川は言った。

「捜査本部では調べていないと思いますよ」

迷いなく康長が答えた。

「相木さんが教員をやっていたわけじゃないんだ。なんとかっていう教授に、どこかで知り合ったとかで、そのゼミに呼ばれてたんですよ。そんなに多い回数じゃなかったと思いますけどね」

戸川も元気よく答えた。

「どこの大学ですか」

身を乗り出して春菜は訊いた。

「たしか……横浜国際大学でした」

にこやかに戸川は答えた。

「相鉄線の弥生台駅のそばにある私立大学ですね」

弾んだ声で春菜は言った。

春菜は相鉄本線の瀬谷に住んでいる。相鉄いずみ野線弥生台駅は、比較的近い場所にある。

「そうです。たしかメディア学科の教授だったな」

戸川は首をひねりながら言った。

「その教授の名前はわかりますか」

気負い込んで春菜は訊いた。

「すみません、僕にはわかりません」

戸川はかるく首を横に振った。

「こちらで調べますから大丈夫です」

康長ははっきりと請け合った。

大学名もわかっているので、捜査本部の力からしてどうということはないだろう。

「ありがとうございます。有益な情報を頂くことができました」

春菜はしっかりと謝意を告げた。

「うわっ、もうこんな時間か！」

腕時計を見た戸川は素っ頓狂な声を上げた。

「あと一〇分を切った。失礼します」

あわただしく言うと、戸川は頭を下げて椅子から立ち上がり、ロビーの奥へと走っていった。

「おもしろい情報が出てきましたね」

立ち去る戸川の背中を眺めながら、春菜は言った。

「うん、考えもしなかったが、犯人は特撮関係者以外にいるのかもしれないな」

康長はあごに手をやった。

「とにかく横浜国際大学ですね」

元気よく春菜は言った。

「捜査本部に教授を調べてもらう。ちょっと待っててくれ」

康長はスマホを取り出すと、捜査本部に電話を入れた。

2

捜査本部の調べで、相木が出前講義をしていたのはメディア学科の高井《たかい》貞人《さだと》教授のゼミであることがわかった。
康長が高井教授に電話を入れると、午後三時に研究室に来るようにとのことだった。
春菜たちは途中で昼食を済ませて二時半には弥生台の駅に着いていた。
横浜国際大学は弥生台の駅から歩いて一〇分ほどの場所にあった。
あたりは住宅街と畑地だった。
名前は仰々しいが、国際関係学部と情報学部だけを持つ文化系の大学だった。
雑木林に囲まれた校舎は新しいが、県立高校程度の規模に過ぎなかった。
「ここだな」
研究棟三階のまん中あたりにある黒いスチール扉の前で、康長は立ち止まった。
扉には「メディア学科　高井研究室」との表示がある。
春菜は扉を何度かノックした。
室内から「どうぞ」と若々しい声が響いてきた。
「失礼します」
ドアを開けて二人は室内へ入った。
「ようこそ、刑事さんがお越しとは驚きますね。あ、失礼。僕が高井です」
やわらかく、明るい声で高井教授は声を掛けてきた。

すっきりとした坊ちゃんっぽい顔立ちの男だ。

耳くらいまで掛かるアッシュグレーに染めた髪がラフな雰囲気を醸し出している。

高井教授は三八歳とのことだが、横浜国際大学のサイトにある写真よりも若く見える。

東京大学を卒業して、その大学院博士課程でマスコミ論の博士号を取得した文学博士である。その後、すぐに都内の私立大学に講師として就任した秀才だ。この大学にも三五歳の若さで准教授として採用された。

だが、とても大学の教員には見えない。むしろテレビ業界かなにかの人間に見える。

「お時間を頂いて恐縮です。わたしは県警捜査指揮・支援センター専門捜査支援班の細川と申します」

春菜はきちんと一礼して挨拶した。

「刑事部の浅野です」

康長も深く頭を下げた。

春菜たちは相手が大学教授だからへりくだっているわけではない。

もしプライドが高く驕傲《きょうごう》な人間だったら、スムーズに話をしてくれないかもしれないからだ。

しかし、にこにこしている高井教授は、そんな権高な雰囲気は少しも感じさせない。

「ま、そこに掛けてください」

高井教授は、笑顔で部屋の中央に置かれた黒いレザーソファを指さした。

春菜たちが礼を言って座ると、高井教授はぴょんと正面に腰掛けた。

三人はそれぞれに名刺を交換し合った。

受けとった名刺は、肩書きや氏名と研究室の連絡先だけが記されているシンプルなものだった。

「浅野さんの捜査一課っていうのは殺人や傷害、強盗なんかを扱うリスキーな部署ですね。所轄だと強行犯係の担当ですね」

高井教授は康長の顔を見て言った。

「お詳しいですね」

康長は微笑みを浮かべて答えた。

「まぁ、刑事ドラマも研究範囲ですから……だけど細川さんのポストはわからないなぁ。どんなお仕事をなさっているんですか」

春菜の顔をのぞき込むように、高井教授は訊いた。

「うちの班は専門知識をお持ちの皆さまに、捜査で必要な知識を教えて頂いています」

春菜も笑顔で答えた。

「なるほど、僕みたいな研究者の知識も、捜査に役に立つことがあるんですかね」

謙遜気味に高井教授は言った。

「研究者の先生方はほかの者が担当しております。わたしは本来、趣味などを通じてある分野の広範な知識をお持ちの一般の県民の皆さまから詳しいお話を伺っているんです」

きちんと春菜は説明した。

「要するにヲタクの方たちですよ」

声をひそめておもしろそうに康長が言った。

春菜は睨んだが、康長はケロリとしている。

「えーっ！　ヲタクの力を借りるのかぁ」

高井教授は派手な声で叫んだ。

「ヲタクではなく、捜査協力員の皆さまです」

だが、春菜の言葉を無視して、高井教授は満面の笑みになった。

「いい話だねぇ。趣味が嵩じてヲタクがその分野の幅広い知識を吸収してゆく。さらに知識が束ねられて専門知識となる。最終的には事件の解決に役に立つ。実に素敵な話ですよ」

感じ入ったように高井教授は言った。

「おかげさまで捜査協力員の皆さまのお力で、いくつもの重大事件が解決の方向へ進みました」

春菜は気負いなく答えた。

「僕のことはどんな分野のヲタクから聞いたんですか。映画、ドラマ、特撮……」

笑いながら、高井教授は尋ねた。

「残念ながら、今回は捜査協力員さんではなく、アイスタッフの照明技師さんから教授のお話を伺ったんです」

春菜の言葉を聞いた高井教授は、なぜか急に暗い顔になった。

「アイスタッフ……もしかして相木さんの事件でお見えですか」

学部事務室に電話してアポを取ったので詳しい用件は話していなかった。

「事件をご存じなのですね」

春菜は訊いたが、高井教授は沈んだ表情で口を開いた。

「ニュースで知って驚きましたよ。すぐにアイスタッフに電話して詳しいことを聞きました。一九日にはお葬式にも参列しました。いい方だったのに……」

高井教授は表情を曇らせて言葉を途切れさせた。

「変なことを伺いますが、相木監督を恨んでいたような人間に心当たりはないですか」

春菜は高井教授の顔を見ながらゆっくりと訊いた。

「いないと思います。相木さんは生真面目な人です。誰かに殺されるようなことは考えられないですね。僕のゼミではチューターの役割を担ってもらってただけです。要するに助言者で、監督という立場で学生たちと接していたわけではないですからね」

高井教授はきっぱりと言い切った。

「なるほど、ゼミには敵はいなかったのですね」

康長がぽつりと言った。

大学で教える側と学生との間にトラブルが起きることは少なくない。学生の恨みが積み重なって殺人事件に発展することさえあったのだ。二〇〇九年に中央大学理工学部の教授が、元教え子に刺殺されるという衝撃的な事件が起きていた。

「で、犯人は捕まってないんですよね」

いくらか強い口調で高井教授は訊いた。

「はい、まだ……」

力なく春菜は答えた。

「目処は付いているんですか」

畳みかけるように高井教授は訊いた。

「現在、捜査中です」

目処もなにも……まだ、はっきりした方向性さえ定まってはいない。

「そうですか……」

「先生はご自分の講義に相木監督を呼んでいたんですよね」

春菜は新たな質問をした。

「ゼミだけです。僕の特撮研究ゼミに五回ほど来て頂いていました。相木監督は特撮の専門家であることはもとより、円谷特技プロダクションの初期の歴史に非常に詳しかった。ウルトラシリーズの初期三作の時代に活躍していたスタッフはほとんどが亡くなりました。存命の方も講義ができるような年齢ではなくなった。ですが、相木監督はその世代のスタッフから直接にあの時代のことを聞いていました。つまり、相木さんは特撮に関する卓越した見識と豊富な知識をお持ちでした。僕は学生たちにあの時代の息吹をダイレクトに伝えたくて、相木監督をお招きしていたんです。新シリーズの『電撃ミラクルレンジャー』の準備が始まって彼が忙しくなり、来て頂くのは無理になってしまいましたが」

高井教授は熱っぽく言った。

「先生は、どうして相木監督と知り合ったのですか」

研究者と特技監督のつながりはどのように生まれたのだろう。

「監督とは、テレビ局と広告代理店が開催した、あるパネルディスカッションで一緒に登壇したことがあるのです。そのときからの知り合いです。個人的に何度か飲んだこともあります。仕事熱心な尊敬すべき人でした」

高井教授は、相木を大いに評価しているようだ。

「相木監督の講義は学生さんには好評だったのですね」

春菜はなんの気なく訊いた。

「ゼミの学生には大変に喜ばれました。サボるような学生は一人もいませんでした」

高井教授は得意げに背を伸ばした。

「では、いつもなごやかなゼミだったんですね」

「そうです……」

低い声で高井教授は答えた。

「ゼミでなにか問題があったのですか」

いきなり康長が高井教授に問うた。

「えっ、どうしてですか」

目を瞬いて高井教授は訊いた。

「先生の表情が気になるのです。急にあいまいな顔になって、それから平静な表情を作りましたよね」

容赦のない口調で康長は言った。

「そんな……」

高井教授は言葉を失った。

「失礼。刑事ってのはそういうところに引っかかるんですよ」

康長は淡々と続けた。

しばらく高井教授は気難しげに黙っていた。

沈黙が漂うと、窓の外からアブラゼミの鳴き声が響いてきた。

「さすがに捜査一課の敏腕刑事さんにごまかしはききませんね」

高井教授は大きく息を吐くと、ゆっくりと口を開いた。

「ちょっと気になることがあるのです」

眉間にしわを寄せて高井教授は言った。

「話してください」

康長は静かに続きを促した。

「実は相木さんを呼んだときに、僕の後輩の院生を呼んでいたんです。彼女は野々村早紀《ののむらさき》という東大の博士後期課程にいた学生です。彼女はすごくまじめな学生でしてね。僕も期待していた人なんですが、野々村くんと相木さんと考え方が合わなくてね」

暗い声で高井教授は答えた。

「相木さんにいじめられていたのですか」

春菜は横から訊いた。

「そんなことはありません。相木さんは意見の合わない人をいじめるような人ではありませんでした」

はっきりとした発声で高井教授は言った。

「なにかトラブルがあったのですか」

いくぶんやわらかい声で康長は言った。

「いや、相木さんのせいではないのですが……二人はある問題で意見が対立していたのです。それが結果として野々村くんを追い詰めてしまった」

言葉を終えると、高井教授は目をつむった。

春菜のこころの奥に、不安感が黒雲のように湧き起こった。

「ちなみにどんな問題で意見が合わなかったのですか」

春菜が訊くと、高井教授は目を開いて言葉を続けた。

「野々村くんは金城哲夫さんの作品を題材として博士論文を書いていました。金城さんのシナリオは未映像化作品のものも含めて出版されていますから研究対象としてふさわしいのです。彼女の博論は『金城哲夫作品における沖縄戦の反映についてのポストモダニズム的契機に関する考察』がテーマでした」

ゆっくりと高井教授は言った。

一度では覚えられないような難しい論文テーマだ。

「ポストモダニズムって、なんですか？」

ぼんやりと春菜は訊いた。

こういう話は春菜には手に余る。尼子が担当するのがふさわしい。

横を見ると、康長は眉間にしわを寄せて、まるで犯人に対峙したときのような表情をしている。康長もよくわからないから怖い顔をしているに違いない。

刑事はいつも現実の世界を追い求めて生きている。

現実に対する観察力がきわめて鋭い反面、哲学などの抽象的概念の話には縁が遠い。

抽象的観念論が大好物の同僚たちは、警察官としてはあまりにも規格外なのだ。

「二〇世紀の中頃から終わりくらいに台頭した考えた方です。近代からの脱却を目標に哲学、芸術、文学、建築などの分野で流行しました。普遍妥当性に対する懐疑等から自己意識的、自己言及的、認識論的相対主義、道徳的相対主義などを思想的な出発点としています」

高井教授はさらっと説明したが、春菜にはますますわからなくなった。

あらためて専門捜査支援班の存在意義を感ずる。

「えーと、そのポストモダニズムと金城作品にどんな関係があるんですか」

仕方がないので、いちばんの疑問をそのまま訊いてみた。

「金城さんは幼児体験のなかの沖縄戦を契機に、自己意識的な、あるいは相対主義的な精神のなかでさまざまな物語を紡いでいったのです」

口もとに笑みをたたえて高井教授は答えた。

「あの……たとえばどういうことですか」

もう少し具体的なことを知りたい。

「たとえば怪獣は悪とは限らない。地球人は正しいとは限らないというような物語の構成は、あきらかに相対主義的な思想に基づくものと認められます」

にこっと高井教授は笑った。

「なんとなくわかってきました」

おぼつかなげに春菜は答えた。

これはすでに佐々部から聞いていた話だ。

「問題は沖縄戦です」

高井教授の顔が曇った。

「金城哲夫さんは沖縄戦を経験したそうですね」

春菜は紗也香や佐々部に聞いた話を思い出しながら言った。

「はい、そうです。金城さんは六歳のときに米軍の上陸を恐れて多くの住人とともにガマと呼ばれる洞窟に潜んでいました。米軍による攻撃と集団自決の悲劇が各地で起きたあの戦争です。生命の瀬戸際で米軍に救われるという恐ろしい体験をしています。野々村くんは沖縄戦が金城さんの物語に対してさまざまな影響を与えた事実への論証をテーマとして選んだのです」

厳しい顔つきで高井教授は言った。

「そうしたことがどうして、相木さんとの意見の食い違いになるのですか」

春菜にはいまひとつよくわからなかった。

「相木さんは金城さんの作品における沖縄戦の影響は認めていました。影響などというものは、一元的に黒か白かで決められるものではありません。だから、この議論は野々村くんが正しいとか、相木さんが正論などと断言できるものではないのです」

高井教授はきっぱりと言い切った。

「それなら、なぜ、対立というような状態になったのでしょうか」

不思議に思って春菜は訊いた。

「たとえば、第一期ウルトラシリーズの三作が沖縄戦を根底に置いた社会ドラマであると主張すれば、これに対して真っ向から反論する人は現れます。相木さんがそうでした。まぁ、対立と言ってもあくまでも見解の相違という意味ですが」

高井教授は平静な口調で言った。

「相木さんは『沖縄問題が金城さんにとって切実な問題だったとしても、セブンに安易に結びつけるのはやめてほしい』と言っていたと、むかし一緒に働いていた方が言っていました」

佐々部の発言を春菜は口にした。

「まさに相木さんはそういう態度でした。たとえば、セブン最終回の四八話と四九話をはじめたくさんの作品で一緒に組んだ満田かずほ監督も『彼から沖縄や米軍の問題などは聞いたことがない』との言葉を遺しています。それから同じ沖縄人でありながら、沖縄戦を経験していない上原正三さんは、金城さんについて『傷が深ければ深いほどそんなに簡単に出すわけがない』と語っています。僕自身は相木監督の主張に傾斜する部分が多いのですが、結論を出せずにいます。相木さんは、野々村くんの論文の方向性を厳しく批判したのです」

高井教授はちょっと顔をしかめた。

博士論文のテーマを業界で名のある相木監督に正面から批判された早紀はさぞかし苦しかったろう。

「つらいですね……」

春菜のつぶやきに、高井教授は黙ってあごを引いた。

「先生のゼミでのことですか？」

気を取り直して春菜は訊いた。

「いえ、相木さんは紳士です。ほかの学生の前で野々村くんを批判することはありませんでした。ゼミのなかでは意見を述べなかった。ただ、そのあと三人での飲み会のときに批判したのです」

高井教授は、はっきりと首を横に振った。

相木は思慮深い人間だったようだ。

「では、相木監督が野々村さんをいじめていたようなことではないのですね」

春菜の言葉に、高井教授は目を大きく見開いた。

「いじめるなんてとんでもない。大変、冷静な意見の提示でした。相木さんは自分が撮っている作品以外のことでは感情的になる人物ではありませんでした」

相木監督は仕事一途だったという佐々部や戸川の言葉が頭に浮かんだ。

「罵倒するようなこともなかったのですね」

春菜は念を押した。

「もちろんです。相木監督は『君の論文は史実をまっすぐに見ていない』という趣旨で冷静な批判を行っただけです」

高井教授ははっきりと否定した。

「野々村さんは反論を試みましたか」

春菜は高井教授の顔を覗き込むようにして訊いた。

「相木監督の言葉を傾聴しているといった静かな態度でした。反論をするようなことは一切ありませんでした」

高井教授は表情を変えずに答えた。

「それでも意見の対立と感ずるのですか」

食い下がるように春菜は訊いた。

「野々村くんは大きなショックを受けたのです。とくに『クリエイターは常に自分の思想を作品に反映させるとは限らない。クリエイターの人物そのものと作品は客観的に分別して観察しなければならない。そうでなければ論者のプロパガンダになってしまう』という言葉がショックだったようです。自分の研究を真っ向から否定されたような感覚だったのでしょう。

あの晩の彼女は左右の瞳いっぱいに涙を溜めて黙っていました。その後しばらく、野々村くんは僕の前に姿を現しませんでした。最後に会ったのは、うちのゼミにはこれからは出席しないとあいさつに来たときです」

高井教授の声は沈んだ。

「相木さんに会いたくなかったのですね」

春菜の問いに、高井教授ははっきりとうなずいた。

「そうです。それどころか、論文を書き進めることができなくなってしまったのです……半年くらいで博士課程もやめてしまいました。これは後になって東大の事務局から聞きました」

淋しげに高井教授は言った。

「それから野々村さんはどうなったのですか」

春菜は身を乗り出して訊いた。

「研究者としての道をあきらめてしまったようです。実は僕は何度か彼女に連絡を取ろうとしたのです。ですが、あるときから電話がつながらなくなり、メールにも返信はありませんでした。さらに手紙を出しても返事は来なかった。心配して彼女の川崎市内のアパートも訪ねたのですが……」

暗い顔で高井教授は言葉を継いだ。

「ほかの人が住んでいました。野々村という女性研究者は、僕の前から姿を消してしまったのです。あれは二年ほど前でしょうか。僕もそれきり彼女のあとを追うことはしませんでした。東大にもなにも問い合わせてはいません。もともとは先輩と後輩という関係に過ぎませんので」

高井教授は淋しげにちいさく首を横に振った。

なんということだろう。野々村早紀も相木監督も特撮を愛すればこそ、金城哲夫の物語について真剣に考えたのだ。だが、その真剣な特撮愛が悲しい意見の食い違いを生み、純粋な研究者である野々村早紀を追い詰めたとは。

康長の顔を見ると、眉間に深いしわを寄せて考え込んでいる。

「それきり野々村さんは行方がわからないのですね」

ぼんやりとした声で春菜は訊いた。

「僕にはわかりません」

高井教授は肩を落とした。

「野々村さんにはご家族はいらっしゃいますか」

春菜は問いを変えた。

「故郷はたしか新潟県で、お母さんがいらっしゃるようです。でも、連絡先は知らなくて、それっきりです」

思い出すように高井教授は答えた。

「恋人か、彼氏みたいな人はいましたか」

畳みかけるように春菜は訊いた。

「すみません、そこまではわかりません」

高井教授は即座に答えた。

「思えば、相木さんと野々村くんを会わせたことに原因があると思うと、後悔の念が湧いてきます」

わずかな沈黙の後、高井教授は苦しげに言った。

「先生に責任はないと思います」

春菜は本音でそう思っていた。野々村早紀が研究の道を去ったのは、相木監督のせいとは言えない。まして高井教授が原因であるはずはない。

「そう言って頂けると救われます」

わずかな笑みとともに高井教授は答えた。

康長の顔を見ると、かすかにあごを引いた。

「いろいろと参考になるお話をありがとうございました」

大事な手がかりを得たと春菜の内心は弾んだ。

「もうよろしいんですね。次の講義の準備がありますので助かります」

明るい声に変わって、高井教授は立ち上がった。

春菜たちは礼を言って、研究室を出た。

「どう思う？」

弥生台駅へ続く道で康長が訊いてきた。

「悲しいことですね」

沈んだ声で春菜は言った。

「ああ、相木監督に野々村早紀。二人ともまじめな人間ゆえの悲劇だな」

顔を曇らせて康長は答えた。

「本当にそう……」

かすれた声で春菜は言った。

「だが、俺たちにとっては光明が見えてきたな」

康長の声には力がこもった。

「野々村早紀さんのことを洗わなきゃいけないですね」

力強く春菜も答えた。

「野々村という研究者が、相木監督を恨んでいる可能性は多分にある。有力な筋には違いない。捜査が一挙に進むことが期待できなくもない」

康長の目に強い光が宿っている。

野々村早紀の悲劇を聞いて、二人で元気な声を出している自分たちが、とても奇妙な存在に思えてきた。

警察官などを続けていると、感情の動きがおかしくなるのかもしれない。

内心で春菜は苦笑せざるを得なかった。

「一種の逆恨みかもしれませんけどね」

春菜の言葉に、康長は厳しい顔つきになった。

「逆恨みが動機となる犯罪は珍しくはない」

康長はきっぱりと言った。

「そうですね。ところで、彼女の居場所はどう探します?」

春菜の言葉に、康長はスマホを取り出した。

「東大に電話してみよう」

弥生台の駅に着くと、康長は東京大学の文学部事務室に問い合わせの電話を入れた。

だが、野々村早紀が二年半ほど前に退学していることしか確認できなかった。

康長は続けて捜査本部に電話を入れて、野々村早紀という女性についての犯歴やその他の照会を頼んだ。

康長は相模原署の捜査本部に戻り、春菜は県警本部の自分の班に戻った。

今夜は捜査協力員との面談は入っておらず、春菜は一時的に自分の書類整理の仕事に追われた。

おかげで、数日ぶりに早い帰宅ができた。

明日は午後一時に、捜査協力員の渡瀬明詮と小田急線の向ヶ丘遊園駅《むこうがおかゆうえん》で会うことになっていた。

3

向ヶ丘遊園駅南口のロータリー前にあるファミリーレストランに春菜たちは入っていった。

捜査協力員の渡瀬は窓際の席で待っていた。

「どうも、渡瀬です」

春菜たちが近づいていくと、渡瀬は立ち上がって頭を下げた。

「細川です。はじめまして」

「浅野です」

春菜たちは明るい声であいさつして席に着いた。

渡瀬は三四歳ということだが、実際の年齢よりいくらか落ち着いて見えた。

髪は短く、薄いグレーのスーツをきちんと着込んでいて几帳面な雰囲気だった。

細長い顔は目鼻立ちが整っているが、いくぶん神経質な印象だ。

春菜たちがそれぞれ名刺を渡すと渡瀬も名刺を差し出した。

——望月信彦会計事務所　スタッフ　渡瀬明詮

かたわらには川崎市多摩区登戸の住所と電話番号が記してあった。

「会計事務所っていうと、渡瀬さんは税理士さんのところにお勤めですか」

税理士の肩書きがないので、補佐するスタッフなのだろう。

「わたしは税理士志望の事務員です。税理士試験は全一一科目中、必須科目を含めて五科目に合格すればいいのです。で、一科目ずつ受験することが可能で合格するとその科目は生涯有効なのです。だから働きながらでも時間を掛ければ合格しやすくなります。でも、まだ一科目しか合格していません。最近は少しやる気をなくしているというのが実際のところです」

渡瀬は頭を掻いた。

「今日はお仕事、大丈夫なんですか？」

まだ一時過ぎだ。春菜は心配になって訊いた。

「実は、半休取ってるんですよ。三時過ぎから新宿で用事があるもんでね。なので、お話は二時過ぎまででいいですか」

照れたような笑いを渡瀬は浮かべた。

「わかりました。一時間あればじゅうぶんだと思います」

春菜は口もとに笑みを浮かべて答えた。

会計事務所の仕事には、あまり熱心なタイプではないのかもしれない。

仕事内容について詳しいことは尋ねるべきではないと春菜は感じた。

「お勤め先は登戸《のぼりと》なのですね」

「はい、登戸駅前です。隣の駅なので、わたしはここ向ヶ丘遊園に住んでいます」

「この駅には遊園地があるのですか」

「残念ながら遊園地自体はもうありません」

笑顔で渡瀬は答えた。

「駅の名前だけに残っているのですね」

「はい、向ヶ丘遊園は昭和初期の一九二七年に、現在の小田急小田原線の開通と同時に開園しました。戦後のレジャーブームとともに栄えていって、一九六六年からはモノレールでこの駅と結ばれていました。ウルトラマンのマスクを取り付けた車両を運行していた時期もあったようです。でも、少子化などの影響で二〇〇二年に閉園してしまいました。駅から歩くと、一五分くらい離れていますが、現在は再開発計画が進行しています。向ヶ丘遊園跡地周辺は広大な生田《いくた》緑地もあっていいところですよ。わたしはこの街が気に入っています」

明るい声で渡瀬は言った。

「神奈川県内にいながら、このエリアはあまり来たことがないのです」

川崎市の多摩区周辺は捜査協力員と会うために、小田急多摩線の栗平《くりひら》駅を訪ねたときくらいだろうか。

「実はここ、向ヶ丘遊園は『ウルトラセブン』のロケ地でもあるんですよ」

渡瀬はにこっと笑った。

「え、ここも！」

春菜は驚きの声を上げた。

「ほかにもセブンのロケ地に行ったんですか」

嬉しそうに渡瀬は訊いた。

「ええ、相模原市のさがみ湖リゾートプレジャーフォレストと横須賀市の長井港にも、捜査協力員さんとお会いするためなどで行きました」

春菜はロケ地の景色を思い出しながら言った。

「さすがはセブンファンの捜査協力員だなぁ。しっかり問題作のロケ地に細川さんたちを案内してるのか」

渡瀬は感に堪えたように言って、言葉を継いだ。

「さがみ湖リゾートプレジャーフォレストは『セブン暗殺計画』の、長井港は『ノンマルトの使者』のロケ地ですね。ここも『狙われた街』のロケ地なんですよ」

「本当ですか」

ふたたび春菜は驚きの声を上げた。『狙われた街』となれば、実相寺昭雄監督の最大の問題作ではないか。

「ええ、後半部分での重要な場面を撮っています。モロボシ・ダン隊員とアンヌ隊員が喫茶店から駅前のタバコ自動販売機を見張るシーンです。駅前は大きく変わってしまいましたが、喫茶店はあのマクドナルドの入っているビルの隣あたりだったようです」

窓の外のロータリー向かいの左側にあるビルを指さして、渡瀬は言葉を継いだ。

「さて、その販売機にタバコを補充しに来る黒服の男はメトロン星人が化けているのです。ダンとアンヌは黒服男が乗ったバンをタクシーで追跡します」

早口の渡瀬の目には生き生きとした光が宿っている。

「そのタバコには他人に不信感を抱くような薬が入っていたのですね」

春菜は平田からの受け売りの知識で答えた。

「よくご存じですね！」

渡瀬は嬉しそうに叫んだ。

「ほかの捜査協力員さんからのお話で勉強したのです」

ちょっと照れて春菜は答えた。

先週までは、特撮のことなどなにひとつ知らなかったのだ。

「なるほど……ところで、わたしの職場の登戸とは反対方向の隣の駅は生田です。さらに隣の駅は読売ランド前です。ここの遊園地はいまでも営業しています。遊園地の東には日本テレビの生田スタジオがあります。現在もたくさんのドラマやバラエティが撮影されています。かつては東映の生田スタジオが隣接しており、『仮面ライダー』シリーズなどが撮影されていました。そこから北東へ六〇〇メートルほどの位置に東宝生田オープンという場所がありました。いまいるこの場所からは西へ三キロほどの場所です」

渡瀬はちょっと鼻をうごめかして言った。

「スタジオなのですか？」

あいまいな名前なので、春菜は確認の言葉を発した。

「厳密にはスタジオでもロケ地でもありません。東宝が広大な土地を所有していて、その場所でたくさんの映像作品が撮られていました。一九五八年の黒澤明《くろさわあきら》監督『隠し砦の三悪人』や一九七三年の森谷司郎《もりたにしろう》本編監督と中野昭慶《なかのてるよし》特技監督『日本沈没』など、たくさんの東宝映画が撮影されたのです。もちろん円谷作品も撮られています。『ウルトラQ』や『ウルトラマン』でも何作もの野外シーンが撮られています。『ウルトラセブン』では第八話、第二三話、第三〇話、第三二話のシーンが撮影されています。第八話はさっき言った『狙われた街』ですよ」

得意げに渡瀬は胸を反らした。

「さすがにお詳しいですね」

春菜はにこやかに言った。

「わたしはそんなに詳しくはないのですが、撮影地ファンは映像を何度も何度も検証して、あらゆるロケ地と野外撮影地を確認しています。たとえば、ウルトラ警備隊のポインター号が走っている場所まで割り出しています。もちろん半世紀以上前とは景色が大きく変わっているのですが」

渡瀬はおもしろそうに言った。

こういうのを病膏肓《やまいこうこう》に入《い》るというのだろうか。

「残念ながら、生田オープンは東宝の不振に伴って一九七二年頃に閉鎖されてしまい、現在は住宅地となっています」

静かな声で渡瀬は言った。

「渡瀬さんは『ウルトラセブン』についてお詳しいということで、今日はお時間を頂戴しました」

春菜はゆっくりと本題を切り出した。

「まぁ、それほどの知識があるわけではありません。でも、特撮のことで警察に協力できるのなら嬉しいです」

渡瀬は満面に笑みをたたえて言った。

春菜は渡瀬に捜査協力員の非常勤職員としての身分と、守るべき事項について説明した。

「大丈夫です。わたしは会計事務所の職員です。顧客の秘密は守ります」

背筋を伸ばして渡瀬は答えた。

「あのー。わたしたちは確定申告はしないんです。お客さんじゃありませんから」

冗談めかして春菜は言った。

「あっ、それもそうか」

渡瀬は声を立てて笑った。

「わたしたちは七月七日にさがみ湖リゾートプレジャーフォレストで起きた相木昌信監督殺害事件の捜査に携わっております」

春菜は本題に入った。

「特撮ファンのなかではちょっと話題になっていましたよ。なにせ、『電撃ミラクルレンジャー』の監督が、そのロケ中に殺されたんですからね。わたしは戦隊ものにはそれほど興味がないですが、相木監督はもともと金城哲夫さんに憧れて特撮の世界に入った方ですからね。ウルトラファンのわたしとしても無関心ではいられません」

渡瀬は言葉に力を込めた。

春菜はまず事件について詳しく説明した。

「この現場について、捜査協力員の方は犯人の『処刑地』ではないかと言っています……」

春菜は事件の概要と、いままで平田、紗也香、佐々部という三人の捜査協力員や戸川から聞いたことを次々に説明した。

真剣な顔つきで、渡瀬は聞いていた。

「なるほどねぇ」

説明を聞き終えた渡瀬は、鼻から大きく息を吐いた。

「皆さんの考えていることは正しいとわたしも思います。やはり犯人は自分をミクラスになぞらえたのでしょう。さらに力道山という処刑の丘の付近で犯行を実行した。皆さんの考えは間違いないでしょう。セブンファンなら、そんな考えを持ってもおかしくはない」

渡瀬は自分のあごを親指と人さし指ではさむような姿勢をとった。

「やはりそうですか……動機がまだわかっていないのですが、重要参考人としてある若い元研究者が浮かんでいます……」

春菜は高井教授から聞いた野々村早紀のことを話し始めた。

そのとき、康長のスマホが鳴動した。

「はい、浅野……」

さっと康長は電話を取った。

相手はなにかを話し続けている。

「本当なのか！」

短く康長は叫んだ。

「わかった。資料データを俺のスマホに転送してくれ」

電話を切った康長は、春菜の顔をじっと見つめた。

「野々村早紀の所在がわかった」

康長の声はこわばっていた。

「どこにいるのです」

春菜は激しい口調で訊いた。

「新潟県の西生寺《さいしょうじ》だ」

暗い声で康長は答えた。

「お寺……」

悪い予感に春菜は襲われた。

「そうだ。新潟県長岡市の日本海が望める西生寺の墓地に母親と一緒に眠っている」

静かな声で康長は言った。

「亡くなっていたんですね」

春菜はうめくような声で言った。

予感は当たった。

「彼女は、昨年の夏、自ら生命を絶った。川崎市麻生《あさお》区の森のなかの広場で大量の睡眠導入剤を飲んで……発見されたときにはすでに手遅れで亡くなっていた。彼女は川崎市内の心療内科に通院していた。睡眠導入剤は医師から処方されていたものを溜めていたようだ」

眉間にしわを寄せて康長は答えた。

渡瀬は黙って話を聞いている。

「遺書はあったのですか」

春菜の言葉に康長はうなずいた。

「遺体のかたわらに『わたしはすべてのことに自信がなくなった』とだけあった。麻生警察署では自殺と断定した。司法解剖によると死亡したのは昨年の七月二八日の深夜だ。事件性はないと判断され、遺体は母親に引き取られて故郷で埋葬された。悲しみのせいか、母親は三ヶ月後に急病で亡くなったそうだ。自殺の報道はされなかったようだが、所轄が出動した不審死なので記録が残っていた」

康長は沈んだ顔で言葉を結んだ。

「意見の対立が、悲しい結果を生んだのですね」

なんとも陰うつな想いに襲われて春菜は言った。

「同じ話ではないかもしれないんですが……」

とつぜん渡瀬が声を発した。

「なにか知っているのですか」

春菜は渡瀬に向かって、急き込むように訊いた。

「『ウルトラセブン』を研究していた大学院生が、研究に悩んで自殺したという話は聞いたことがあります」

渡瀬はさらりと、とんでもないことを口にした。

「えーっ」

「それは……」

春菜と康長は顔を見合わせた。

「く、詳しく話してください」

つかみかからんばかりに春菜は訊いた。

「え、ええ……わかりました」

気圧されたように、渡瀬はうなずいた。

「いったいどこで聞いたんですか」

康長は落ち着いた声で訊いた。

「SNSのコミュニティの書き込みで見たのです」

目を瞬いて渡瀬は答えた。

「なんというコミュニティなんですか」

気負い込んで春菜は尋ねた。

「セブンハウスというセブンファンの集まるコミュニティです。ツインクルのアカウントを持っている人で、管理人の承認が得られれば誰でも参加できます」

渡瀬は春菜の顔を見ながら答えた。

「誰の書き込みですか」

間髪を容れずに春菜は訊いた。

「そもそも本名で書き込む人はいなくて、みんなハンドルネームですからね。でも、その投稿は関係者によるものと思えたのです。ただ、投稿が去年の八月以降なので、本人の投稿ではあり得ないです」

八月なら、本人はすでに亡くなっている。

「どんな書き込みだったんですか」

揺れるこころを抑えながら、春菜は訊いた。

「こんな感じですかね。『特撮研究者が自分の研究の方向性に悩んだ。博士論文を残り三分の一まで書いたところで破棄して、大学院をやめてしまった。彼女は適応障害となって他者との関わりを絶った。ある夏の日の夜ふけ、深い森のなかで彼女は薬を飲んで死んだ』……という、そんな内容でした」

渡瀬は書き込みを思い出すようにゆっくりと答えた。

春菜は背中に水を浴びせられたような気がした。

「事実が一致する……」

かすれた声で春菜はつぶやいた。

「たしかに同じ事案と考えられるな」

真剣な目つきで康長はあごを引いた。

春菜は胸がつぶれる思いだった。

「ほかになにか書き込みはなかったのですか」

なんとか気持ちを切り替えて、春菜は続きを促した。

「次の日にこんなことも書いてありました。『特撮業界の人間に彼女は追い詰められた。その男に殺されたのも同じだ』とね」

渡瀬は顔をしかめた。

「彼女が研究の方向性について悩んだ具体的なテーマについては触れていませんでしたか」

春菜は胸の鼓動を抑えて訊いた。

「書いてありました。『沖縄戦の金城哲夫作品への影響を否定するとは愚かしい限りだ。そんな批判に耳を貸すことはなかったのだ。これは研究に対する冒瀆《ぼうとく》だ』……こんな感じですかね」

暗い声で渡瀬は答えた。

早紀を追い詰めたのは、やはりこのテーマによる相木との対立だったのか。

何者かが、早紀の苦しみを背負い続けているというのだろうか。

高井教授の話では、相木の批判は決して早紀への害意を持つものではなかった。純粋に早紀の論旨に関する反対意見を述べたに過ぎない。しかし、早紀は追い詰められて死を選んだ。

もし、今回の事件がその復讐であるのなら……あまりにも大きな悲劇としか言いようがない。

「この筋を追うしかなさそうだな」

康長はのどの奥でうなった。

「実はコミュニティに一連の書き込みをした人物のハンドルネームが、もうひとつの鍵なのです」

思わせぶりな口調で渡瀬は言った。

「もしかすると、そのハンドルネームというのは……」

声を震わせて春菜は訊いた。

「そう、ミクラスなのです」

渡瀬はきっぱりと言い切った。

「じゃ、じゃあやっぱり……」

春菜は康長の顔を見た。

「この筋しかない。そのミクラスを名乗って書き込みをした者が犯人としか思えんな」

康長は自信たっぷりに断言した。

「ミクラスは野々村早紀さんの恋人ですかね」

春菜は康長に訊いた。

「その可能性が高いな。相木監督に批判されたことで自信をなくして早紀さんが自殺した。そう犯人は思い込んでいたんだ。つまりは恋人による逆恨みだろう」

眉間にしわを寄せて康長は言った。

「しっかりした根拠を持って反論を提示した相木さんは誤解され、恋人のミクラスに恨まれた」

春菜の言葉に康長はあごを引いた。

「捜査本部に野々村早紀の鑑取りを進言しよう。捜査態勢を見直さなければならない」

康長の目は輝いていた。

「そのコミュニティの記録を見ることができればいいんだけど」

独り言のように春菜は言った。

「一年近く前なので、ログは残っていないはずだ」

悔しそうに康長が言った。

「わたしも記録はしていません……」

渡瀬は肩を落とした。

「気にしないでください。そのログがなくても犯人に迫ることはできますよ」

康長は気安い調子で答えた。

春菜が顔を見ると、康長はしっかりとあごを引いた。

「今日はありがとうございました。とても重要な情報を頂けました」

渡瀬からは大きなヒントをもらえた。じゅうぶんな収穫があった。

「いやぁ、わたしのいい加減な記憶が役に立つなんて、本当に光栄です」

嬉しそうに渡瀬は答えた。

春菜と康長は渡瀬に礼を言って、改札口に向かった。

駅舎から吐き出されるたくさんの通勤客は、誰しもわりあいのんびりした歩き方だった。

新宿から三〇分未満の距離だが、この街は郊外住宅地の趣きを感じさせた。

第四章　ウルトラの星

1

春菜はいったん県警本部に戻り、康長は捜査本部に顔を出すために相模原署に向かった。

ふたりはそれぞれにミクラスの正体を追いかけることに力を傾けることになった。

康長は捜査本部に対して、早紀が在籍していた東京大学大学院の友人関係を洗うように提言することになった。

自席に帰ってきた春菜は、いままで会った捜査協力員と戸川や高井教授に連絡を取ることにした。

まず、セブンハウスでミクラスの書き込みを読んだかと問い、続けてミクラスの正体について見当はつかないかと尋ねるつもりだった。

まだ午後四時だが、すぐには電話がつながらない人もいた。

いちばん期待した高井教授の返事は素っ気なかった。

「セブンハウスのコミュニティですか？　わたしはああいうものは見ないようにしているんです。デタラメな情報に振り回されるおそれがありますからね。匿名の投稿なんてのは好き勝手なホラ話を書いているもんです。下手《へた》に関心を持って調べると時間の無駄ですからね。それにウソが書かれているのを見ると、単純に腹が立ちますからね。うっかり反論でも書こうもんなら、粘着される危険性もある。触らぬ神にたたりなしですよ」

高井教授は、のどの奥で笑った。

佐々部と戸川はコミュニティの存在自体を知らなかった。当然ながら、ミクラスについての心当たりはないという答えだった。

続いて連絡がついたのは、最初に会った大学生の平田だった。

「セブンハウスですか……僕はあのコミュニティは好きじゃないですね。なんか承認欲求の塊みたいな人が多くて……。で、いちおうコミュニティの会員ってことになってはいるんですけど、ロム専に近いんです。まぁ、ときどき見ています」

含みの多い発言ではあるが、平田はセブンハウスを見ているようだ。

「では、金城哲夫作品と沖縄戦というテーマで博士論文を書いていた大学院生の自殺についての投稿は見ていますか」

勢い込んで春菜は訊いた。

「ああ、その話は読んだ覚えがあります」

さらりと平田は答えた。

「本当ですか？」

しぜんと春菜の声は弾んだ。

「でもねぇ、話が自殺とかだけに、完全に嘘松《ウソマツ》だと思ってましたが」

気のない調子で平田は言った。

「ウソマツって？」

春菜は、その言葉を知らなかった。

「嘘つきやほら吹きを意味するネットスラングです。あたかも真実のように書き込まれた内容が、実は反響を得ることだけが目的のウソ話であるような場合を指します」

「では、大学院生の自殺も？」

「架空の話だと思っていました。ああいうコミュニティは勝手な物語を書く嘘松が多いですからね」

平田は皮肉っぽく笑った。

「じゃあ、あれを書いたミクラスにも心当たりはないのですね？」

あまり期待せずに、春菜は訊いた。

「すみません、現実の話と思っていなかったので、投稿者にもあまり関心がありませんでした」

申し訳なさそうに平田は答えた。

結局、いままでの電話で得られた収穫はなかった。

最後に連絡がついたのは、矢野紗也香だった。

「先日はお時間を頂き、ありがとうございました」

春菜はていねいに礼を言った。

「こちらこそ、三浦半島までお運び頂き申し訳ありませんでした」

愛想のよい声で、紗也香は答えた。

「いえ、『ノンマルトの使者』のロケ地である長井港に行けてよかったです」

「そう言って頂ければ嬉しいです。今日はどんなご用事ですか」

いぶかしげに紗也香は聞いた。

「はい、ある事実についてなにかご存じのことがあるかを伺おうと思いまして」

「どんな事実ですか」

「特撮研究者のひとりの大学院生が、相木監督に自分の博士論文の論旨を批判されたことを苦にして自殺した話です……」

静かな声で春菜は野々村早紀に関して知っている情報をすべて伝えた。

「そのお話……」

紗也香の声がこわばった。

「ご存じなんですか」

春菜の声は高くなった。

「そのコミュニティはいま初めて聞きました。ですので、書き込みについては知りません。でも、その話って一年前のことですよね……似た話を聞いたことがあります」

平らかな声で紗也香は答えた。

「どこで、誰に聞いたのですか」

うわずる声を春菜は抑えられなかった。

「その……」

紗也香は言葉を途切れさせた。

「言いにくいことですか？」

春菜は続きを促した。

「それが……」

またも紗也香は口ごもった。

「どうか教えてください」

こころを込めて春菜は頼んだ。

「元彼から聞いたんです」

思い切ったように紗也香は答えた。

「矢野さんの特撮趣味は、その方の影響だとおっしゃっていましたね」

長井で会ったときに、聞いた話だ。

「そうです。ウルトラシリーズを見始めたのは椎名《しいな》の影響です」

紗也香は元彼の名前を明かした。

「椎名さんの連絡先はわかりますか」

急き込むように春菜は訊いた。

「いちおう電話番号だけはわかります」

仕方がないといった口調で、紗也香は椎名慶広《よしひろ》という男性の携帯番号を教えてくれた。

「ありがとうございます。連絡してみます。矢野さんから伺ったと話してもいいですか」

念のために春菜は訊いた。

「かまいません。あの人にはわたしに電話するなと伝えてください」

冷たい声で紗也香は言った。


春菜はすぐに教わった電話番号に電話を掛けてみた。

なんと、電話に出た椎名慶広は歯科医師だった。

椎名は診察中なので六時以降にしてほしいとのあわただしい返事をして電話を切った。

春菜は六時まで待つことにした。

椎名から聞いた歯科医院《しいなデンタルクリニック》の名を検索すると、横浜市営地下鉄ブルーラインの下永谷駅近くで開業していることがわかった。

「いやぁ、お待たせしました。遺体の歯形照合の件かなにかですか？」

若々しい声が耳もとで響いた。

歯科医院のサイトに掲載されている写真では、椎名は矢野紗也香と同じくらいの年齢に見える。

三〇代前半からなかばくらいだろうか。

身元不明遺体の同一性の確認のために、警察は歯科医師に歯形の問い合わせをすることが多い。

「いえ、違います。歯形のことではありません」

春菜はきっぱりと言い切った。

「じゃあ、なんで僕に警察から電話があるんですか。歯科三法は守っていますよ」

不思議そうに椎名は訊いた。

「先生の診療に関することでもないのです。わたしは県警捜査指揮・支援センター専門捜査支援班の細川と申します」

春菜は所属と名前を名乗った。

「歯科医療に関する専門知識なら、僕ではなく歯科大学の教授にでも連絡してください」

ちょっと不機嫌な声で椎名は答えた。

「いえ、ご専門の話でもないんです。先生は特撮番組や映像がご趣味だとか」

ゆっくりと春菜は用件を切り出した。

「はぁ……そうではありますが」

「少し長くなりますがよろしいですか」

念のため春菜は断りを入れた。

「けっこうですよ。警察には協力しなくちゃね」

椎名は皮肉めいた口調で答えた。

「先生は特撮趣味のサークルのようなものに所属していますか」

「公式なサークルではないのですが……五年ほど前に、横浜でウルトラセブンのあるイベントがありました。終了後の懇親会でたまたま仲よくなった連中が集まって特撮ネタを肴《さかな》に飲み会などをやっていました。なんとなくポインタークラブなんて適当な名前をつけていました。たまにみんなでロケ地にドライブに行ったりね」

いくらか明るい声で椎名は答えた。

この流れなら相木監督の事件を口にしないほうが無難だ。

春菜は野々村早紀の周囲だけに話題を絞ることにした。

「何名くらいのサークルだったのですか」

差し障りのないことから春菜は訊いた。

「そうですね、一二名ほどでしょうか。だいたい二〇代後半から三〇歳前後の男女です。職業はさまざまでした。いちばん盛んだった時期は月に一回くらいやっていたのです。でも、昨春に親父が心筋梗塞で倒れたんですよ。療養に専念して院長を引退することになって、僕がこのクリニックを継いだので、すっかり忙しくなってしまいました。それから僕は飲み会にも参加しなくなって……。でも、どうして細川さんは僕の趣味のことをご存じなんですか」

ふたたび不思議そうに椎名は訊いた。

「ご友人から伺いました……矢野紗也香さんもポインタークラブのメンバーでしたか」

春菜は紗也香のことを黙っているわけにはいかなくなった。

「紗也香ですか。はい、一緒に参加していました。彼女から僕の電話番号を聞いたのですね」

納得がいったように椎名は言った。

「そうなんです。特撮趣味をお持ちのことも伺いました」

春菜は素直に答えるしかなかった。

「僕が忙しくなってからいろいろ行き違いがあって、昨年の八月に別れました」

沈んだ声で椎名は答えた。

「ところで、先生は野々村早紀という女性をご存じでしょうか」

春菜が肝心な話題に進むと、わずかの間、椎名は黙っていた。

「知っています」

やがて、少し低い声で椎名は答えた。

「野々村さんが一年ほど前に亡くなったことも知っていらっしゃいますか」

春菜は重い話を続けた。

「自殺だったそうですね」

暗い声で椎名は言った。

「そうです。川崎市内で亡くなったそうです。野々村さんとはそのサークルで知り合ったのですね」

春菜は問いを進めた。

「はい、亡くなったことはサークルの友人たちから聞きました。野々村さんのことなどもあってポインタークラブは自然消滅してしまいました」

椎名はくぐもった声で答えた。

「野々村さんの交際相手はいませんでしたか」

胸の鼓動を抑えて、冷静な声で春菜は訊いた。

「いました。ポインタークラブのメンバーの一人です」

椎名はさらりと答えた。

春菜の胸がカッと熱くなった。

「ど、どんな方ですか」

さすがに舌が震えた。

「間《ま》宮《みや》康《やす》隆《たか》という僕と同い年くらいの男です」

平板な声で椎名は答えた。

春菜はめまいがするような錯覚を感じた。

「職業はわかりますか」

もつれる舌で、春菜は問いを続けた。

「詳しいことは知りませんが……たしかＩＴエンジニアとか」

おぼつかなげに椎名は答えた。

めまいは錯覚ではなかった。

春菜は深呼吸をして落ち着きを取り戻そうとした。

「いま言ったことは間違いないですね」

念を押す声がきつくなってしまった。

「え、ええ……彼とは何度も話していますから、それくらいのことは知っています」

ちょっと驚いたように椎名は答えた。

「住所や電話番号はわかりますか」

春菜は知らず知らず身を乗り出していた。

「ポインタークラブは名簿を作ってましたから、一年くらい前の住所や電話番号だったらわかりますよ。それから勤務先も」

淡々とした口調で椎名は答えた。

「教えてください」

思わず強い調子で春菜は言った。

「ちょっと待ってくださいね」

しばらく待つと、椎名は間宮という男の住所や電話番号、勤務先の電話番号を教えてくれた。

「勤務先の電話番号まで教えて頂き助かります」

春菜はにこやかに礼を言った。

この情報を得るのにひと手間掛かるところだった。

「いやぁ、メンバーはみんな隠すような勤務先じゃないのか、名簿作ったときに気安く教えてくれましたよ。僕自身は勤務先は宣伝したいくらいですからね」

椎名はかすかに笑った。

たしかに歯科医院の番号はひろく伝えたいだろう。

「お疲れのところありがとうございました。大変にありがたい情報を頂けました」

相手から見えないはずなのに、春菜は何度か頭を下げた。

「いえ。なにかのお役に立てたのなら幸いです。では、失礼します」

椎名は鷹揚に言って電話を切った。

電話が切れた次の瞬間、春菜はすぐに間宮の勤務先である株式会社プロストというシステム管理会社に電話を入れた。

電話しながら検索してみると、本社は多摩センターの駅前にある。

警察であることを名乗って、間宮のことについて尋ねた。

「はい、プログラマと、プロジェクトによってはシステムエンジニアを兼任しています。勤務態度はとくに問題ないですね。ただ、昨日から三日間は有給休暇を取っています」

人事総務担当は生真面目な調子で答えた。

「あのー、今月の七日は出社していましたか」

のんきな声を装って春菜は尋ねた。

「ええと、木曜日ですね。この日も有給休暇を取っていました」

担当者は面倒くさそうに答えた。

現在のところアリバイはない。

「間宮さんの顔写真を県警刑事課のアドレスに送ってもらえないでしょうか。こちらからの空メールに添付してご返信頂けるとありがたいです」

春菜はかたわらのPCを手早く操作しながら頼んだ。

「あ、来ましたね。いま送ります」

担当者の言葉が終わるか終わらないかのうちに、PCのメールソフトに写真が届いた。

丸顔で目と口が大きくお世辞にもイケメンとは言えない。

だが、やさしく人がよさそうな顔立ちで、殺人犯にはほど遠いイメージだ。

注意深く見ると、ぱっと見よりもずっと繊細な雰囲気を持っている。

「なにか、間宮に不都合がありましたでしょうか」

不安そうに担当者は訊いた。

「いいえ、ちょっと参考にしたいだけです。ありがとうございました」

あいまいに言って春菜は電話を切った。

間宮の写真を自分のスマホに転送すると、春菜は康長に電話を入れた。

「どうした。なにかあったのか？」

すぐに出た康長はあくび混じりに訊いた。

「浅野さん、被疑者と思《おぼ》しき男の名前がわかりました！」

元気いっぱいに春菜は言った。

「なんだって！」

大きな声で康長は叫んだ。

「矢野紗也香さんに電話しました。それで椎名さんという方をご紹介頂きまして……」

少し気持ちを落ち着かせ、春菜はいま把握できたことを急いで伝えて顔写真を送った。

「間宮ってのはこの男か」

康長が鼻から息を吐く音がスマホから響いた。

「勤務先は多摩センター駅の近くですが、事件当日の七月七日は有給休暇を取っていたそうです。ただ、昨日から明日までも有給休暇だそうです」

どうしても声がうわずってしまう。

「よくやった。すぐに間宮の自宅を急襲だ！」

康長は興奮気味に言った。

「住所は川崎市麻生区黒川〇〇番地フォルトナ黒川二〇一号です。小田急多摩線の黒川駅に近い場所です」

春菜も元気よく答えた。

「とにかく尋問して、状況次第では任意同行で引っ張ろう」

力強い康長の声が響いた。

「まだ令状は取れませんよね」

確認のために春菜は訊いた。

「いまの段階では逮捕状はもちろん、捜索差押許可状も取れんだろう。所轄の麻生署を動かすにも材料が不足している。だが、俺たちが尋問すればボロを出すに違いない。とにかく会いに行くぞ」

強い口調で康長は言った。

康長の言葉は春菜には心強く感じられるものだった。

一方で、さっきから春菜は嫌な予感に苛まれていた。

間宮は有給休暇を取得しているが、明日までというのがすごく気になる。

明日までの間に、間宮はなにかをするのではないか……。

「もし留守だったら、どうしますか？」

あえて春菜はのんきな質問をしてみた。

「帰ってくるのを待つまでだ」

あっさりと康長は言った。

「わかりました。有給は明日までですものね、長い旅行には出ていないでしょう」

嫌な予感を押し殺しつつ、春菜は言った。

「身柄を引っ張るんだから、クルマがいるな」

思案げに康長は言った。

「今夜じゅうに身柄確保が必要ですね」

念を押すように春菜は言った。

「あたりまえだ。今夜が勝負だ」

康長の決意は固い。

ふたたび春菜は安堵した。

「浅野さん、いまどこですか？」

なんの気なく春菜は訊いた。

「相模原署だよ。だけど、いったんそちらに帰る。八時半くらいには戻れるだろう。細川は自分の席で待っていてくれ」

帰ってくるのに一時間は掛かるだろう。

「どこかで落ち合いませんか」

春菜が電車で向かって待ち合わせする方が早く動けるだろう。

「いや、相模原署じゃクルマは借りられない。所轄は割り当て台数が少ないからな。いま電話しとけば、本部の面パトが借りられる」

康長は淡々と言った。

「でも、遅くなってしまいますよね」

不安が春菜のこころの中で大きくなってきた。

「大丈夫だ。間宮は俺たちの動きには気づいていないはずだ。逃走のおそれはないだろう。

だが、今夜は失敗できない。なんか嫌な予感がするんだ」

康長は低い声で言った。

やはり同じ気持ちだったか。

「実は同じなんです」

春菜は本音を口にした。

自分のような捜査経験の少ない者が、予感などというあいまいなものを行動の指針とすべきではないと思っていた。

「とにかく待ってろ」

康長は返事も聞かずに電話を切った。

専門捜査支援班のメンバーは、遅くまで残業していることは少ない。

すでに赤松班長も同僚たちも帰宅して班の島には春菜ひとりが残っていた。

春菜はコーヒーでも飲もうと、自販機スペースを目指して立ち上がった。

2

本部で合流した春菜と康長は、覆面パトカーで黒川を一路目指した。

首都高速神奈川七号横浜北西線が二〇二〇年に開通したおかげで、横浜市中心部から横浜市北部や川崎市麻生区方面のアクセスは格段によくなった。

横浜青葉ICで下りてしばらく走ると、クルマは麻生区の住宅地に入っていた。

高台から黒川駅方面に下る県道一三七号の坂道の途中に目的地のフォルトナ黒川は建っている。

白い壁を持つ三階建ての中規模のマンションが道路の反対側に見えてきた。

康長はマンション近くの介護老人保健施設に面パトを駐めた。

「ここで待ってろ。許可をもらってくる」

ドアを開けて康長は小走りに灯りが点いている大きな建物に消えた。

春菜は助手席から下りて、緑の多いまわりの環境を街灯で確かめた。

昼間の暑さがアスファルトに残っているものの、木々を通してくる夜風は涼やかだ。

現在、九時半をわずかに過ぎているが、住宅地は静まりかえっている。

県道を通るクルマの数もきわめて少ない。

「よしっ、行くぞ」

戻ってきた康長は低い声で言った。

県道を渡って、春菜たちはフォルトナ黒川の入口近くに立った。

豪華というのではないが、分譲らしきなかなか立派なマンションだ。

間宮の部屋を探さなければならない。

二〇一の部屋番号からわかるとおり、間宮の部屋は二階の北端だった。

黒に近い紺色のドアには金色の飾りぶちが光っている。

春菜はドアの横に取りつけられたインターホンのボタンを押した。

室内でチャイムが鳴り響くが、反応はなかった。

「間宮さーん」

春菜が何度名を呼んでも返事はない。

「居留守を使っているわけではなさそうだ」

康長が鋭い目つきで言った。

「どうしてそんなことがわかるんですか」

不思議に思って春菜は訊いた。

「勘だ。人の気配がない」

あっさりと康長は答えた。

「なるほど……」

康長の言葉が正しいかどうかはわからないが、いつまでも返事はなかった。

隣のドアが開いて、五〇年輩の薄いピンクのスエットを着た年配の女性が顔を出した。

「間宮さん、お留守だと思いますよ」

不満そうな顔で女性は言った。

春菜の声がうるさかったのだろうか。

「お出かけになったんですか」

やわらかい調子で春菜は訊いた。

「三〇分くらい前に、あたしが帰ってきたときにここの廊下ですれ違ったから」

女性は廊下の奥の階段の方向を眺めながら言った。

「三〇分ですか……」

春菜は女性の言葉を繰り返した。

「なんか、明日、引っ越すって言ってたから、ガムテープでも買いにホームセンターに行ったんじゃないのかね」

女性はあくびしながら言った。

「近くにホームセンターがあるんですか」

「京王線の若葉台の駅の近くにあるよ。一キロちょっとだからクルマなら五分くらいで行けるね」

のんきな声で女性は答えた。

「どうもありがとうございました」

春菜が頭を下げると、女性もかるくあごを引いて自分の部屋に戻った。

人の気配がないと言っていた康長の勘は当たっていたことになる。

「明日、引っ越しか……」

康長は腕を組んだ。

春菜がなんの気もなく細長い金色のドアノブに手を掛けると、ドアが手前に動く。

「浅野さん、鍵が掛かっていないみたいです」

びっくりして春菜は康長を見た。

「入ってみよう」

平気な顔で康長は言った。

「えー、でも……」

春菜は不安な声を出した。

令状がない場合には、室内に入ることは警察官といえども住居侵入罪に当たる行為だ。

「緊急事態だ」

きっぱりと康長は言いきった。

例外的に緊急事態には令状も居住者の承諾もなしに入室できる。

「どんな緊急事態なんですか」

春菜は口を尖らせた。

「間宮が自殺を図っていたらどうする?」

平気な顔で康長は言った。

たしかに室内で自殺を図っているおそれがあるとすれば緊急事態に違いない。

だが、現在、その気配は感じられない。

「入るぞ」

康長はドアを開け、玄関で靴を脱いで堂々と室内に入って行く。

春菜は玄関ドアのところでとまどい続けていた。

「おい、細川。度胸決めて入ってこい」

強い口調で康長は命じた。

「わかりました」

さすがに逆らえずに、春菜も靴を脱いであとに続いた。

玄関から廊下をまっすぐ進むとリビングに続く木製のドアがあった。

それを開けて、ガランとしたリビングを抜けると、隣の部屋は書斎だった。

デスクと書棚くらいしか家具がないすっきりとした部屋だった。

すでに康長は白手袋をはめて、あちこちを捜索している。

春菜も白手袋をはめた。

背後の白い扉を康長が開けると、ウォークインクローゼットだった。

ジャケットやシャツがずらりと並んでいた。

見まわすと、室内はあまりにきちんと片づけられていた。

デスクの上にノートPCが置いてあった。

康長はPCを起《た》ち上げて画面に見入った。

「性能がいいパソコンだな。俺が捜一で使っているヤツの四分の一くらいの時間で起ち上がるぞ」

気楽な口調で言いながら、康長はマウスを操作してクリックを続けた。

いくつかのウィンドウが開いた。

「初期化されているようだ」

康長は低くうなった。

「どういうことですか？」

春菜は康長の横顔を見て訊いた。

「すべてのデータが消去され、工場出荷の状態に戻されている……まぁ、証拠隠滅だろう。あるいはこのパソコンで犯行に使ったプログラムを書いていたのかもしれない」

康長はマウスを操作しながら言った。

ふと見ると、デスクのかたわらに成型合板で作られたチーク色の植木鉢のような形のゴミ箱が置いてある。

中身は完全に空だった。

「あの……わたし、気になったんですけど。この部屋って片づきすぎていますよね」

違和感を拭えずに春菜は言葉を発した。

「それがどうした？　引っ越すつもりなんだろ」

あまり気に掛けないようすで康長は答えた。

「これが引っ越し前の部屋ですか？」

梱包用の資材やハサミやカッター、ビニール紐や油性ペンなどが転がっているのがふつうだろう。

だが、この部屋のフローリングの床にはなにひとつ落ちてはいなかった。

「そうだな。段ボール詰めもできていないし、少なくとも明日引っ越しするような雰囲気じゃないな」

康長は低くうなった。

引っ越すとはいったいどこへ引っ越すというのだろうか。

勤務先からもそんな話は聞かなかった。

周囲の居住者への間宮の言い訳だとしたら……。

引っ越す先は、この世とは思われない。

「他人が見てもいいように、掃除されている気がするんです」

嫌な予感を抑えつつ春菜は言った。

「パソコンも同じか」

考え深げに康長は言った。

「そうです。間宮は最後の旅支度を済ませているんじゃないんでしょうか」

自分が口から出した言葉に、春菜の背中にぞわっと寒気が走った。

「あともう一部屋だ」

右手にドアがあった。

どうやらこの家は2LDKらしい。

ドアを開けた康長は室内の灯りをつけた。

そこは六畳の和室だった。

「なんだこれは！」

康長が叫び声を上げた。

「これって……」

春菜は目の前の光景に絶句した。

座卓には異様なものが飾られていた。

それは祭壇だった。

立ててある額に入った写真は若い女性のポートレートだ。

髪が長く卵形のきれいな輪郭、愁いを含んだ大きな瞳。

写真の額はユリやカーネーションといったたくさんの白い花で飾られている。

鮮烈で華やかな香りが部屋中に満ちている。

芳醇で官能的な、しかし危うげな香りが春菜の鼻腔を衝いた。

花々は数時間内に供えられたものに違いない。

春菜の背中に嫌な汗が噴き出した。

「野々村早紀さん？」

確信しつつも春菜は誰に問うということもなく訊いた。

「そのようだな」

康長は乾いた声で答えた。

線香や仏具、あるいはロウソクや十字架などの祭具はない。

遺影が飾られた祭壇は、急ごしらえにしか見えない。

間宮が亡き野々村早紀の霊を祀《まつ》ったものとしか思えなかった。

さらに祭壇の前には驚くべきものが置いてあった。

プリントアウトされたA４の紙の束だった。

何ページあるのか、三センチくらいの厚さで相当にぶ厚い。

表紙には『金城哲夫作品における沖縄戦の反映についてのポストモダニズム的契機に関する考察』と記されている。

ざっとなかを確かめると、横組みの文字が延々と続いている。図表のようなものも見られた。

「これって早紀さんの論文です……」

春菜は論文を元の場所に戻しながらうめくように言った。

そのとき、表紙の片隅に、鉛筆の走り書きを見つけた。

ただ一行の文字に春菜の目は釘付けになった。

「なに……これ……？」

春菜はかすれた声を出した。

——ミクラスは今夜、君が待つウルトラの星に帰ろう。

「浅野さん……これって」

乾いた声で春菜は文字列を康長に見せた。

「まずい状態だ」

康長は春菜の顔を見て眉間にきゅっと深いしわを寄せた。

「ですよね……」

春菜の鼓動は急に速くなってきた。

「行くぞ」

康長は叫ぶなり、部屋を飛び出していった。

あわてて春菜はあとに続いた。

「とにかく駐車場を見よう」

屋外へ出た康長は息せき切って走りながら言った。

「どうしてですか」

春菜の質問には答えず、康長はコンクリートの階段を駆け下りた。

建物の前は駐車場になっていて、各レーンには部屋番号の白い表示が設けられている。

二〇一の表示がある場所には、黒いワゴンRが駐まっていた。

「クルマでは出かけていないようですね。車体も冷えています」

春菜はボディに触れながら言った。

「それが知りたかったんだ。間宮は遠くへは行っていない。徒歩圏内にいるはずだ。いったいどこなんだ」

康長の言葉に焦りがにじみ出ていた。

「わたしちょっと椎名先生に訊いてみます」

春菜はスマホを取り出してアドレスアプリを起ち上げた。

「はい……」

五回のコールで、不機嫌な椎名の声が響いた。

「あの……先ほどお電話した神奈川県警の細川です」

春菜はやわらかい声を出すように努めた。

「ああ、まだなにか」

不審そうな声で椎名は訊いた。

「いま、麻生区黒川の間宮さんの自宅にいます。野々村さんの自殺に関係ある事件で彼の行方を捜しています。椎名先生になにか思いあたることはありませんか」

緊張を隠している暇はなかった。

春菜は切迫した声で訊いた。

「黒川ですか。そうだった。彼の家は黒川ですね……でも、僕は彼の家に行ったことはないんで……思いあたることって言われても……」

戸惑いがちに椎名は答えた。

「教えてください。些細なことでもいいんです」

必死の思いで春菜は訊いた。

「えー、わからないなぁ」

困ったような椎名の声が響いた。

「そうですか」

力なく春菜は答えた。

沈黙があって、春菜が礼を言って電話を切ろうとした。

「ウルトラセブンに関係があれば、可能性はあるかもしれませんよね……」

自信なげな椎名の声が響いた。

「はい、なんでもいいんです」

春菜の声に力が戻った。

「彼は『ノンマルトの使者』にこだわっていたんですよ。なにせ金城哲夫さんの問題作だから」

考えながら出しているような椎名の声だった。

「ええ……そんなことを聞いています」

知らないうちに春菜はうなずいていた。

「黒川には『ノンマルトの使者』のロケ地があったはずですよ」

少しずつ椎名の声の輪郭がはっきりしてきた。

「海辺が舞台の作品ですよね」

意外に思って春菜は訊いた。

「ええ、下田市の入田浜がメインのロケ地です。あとは横須賀市の長井漁港付近とか……」

「長井で捜査協力員の方とお会いして伺いましたが」

反射的に春菜は言葉を差し挟んだ。

「でもね、黒川にもロケ地があるんですよ……えーと、いくつかのウルトラ作品に使われているけど、『ノンマルトの使者』も黒川で撮ってたはずだ」

椎名の声に自信がこもってきた。

「ほ、本当ですか」

春菜の声は裏返った。

「ええ、旧黒川分校という場所です」

椎名はさらっと答えた。

「分校……」

ドラマのなかでしか聞かない言葉だ。

「はい、一九八三年まで川崎市立柿生《かきお》小学校黒川分校の校舎があったのです。現在は市立の黒川青少年野外活動センターとなっているはずです。長井港や伊豆の入田浜で撮ったシーンと合わせて、ダンとアンヌが海辺の学校に事情を聞いてまわるシーンに使われていたはずです」

椎名はだんだんとはっきりした声を出した。

「有力候補ですね！」

春菜の声は弾んだ。

「それに『ノンマルトの使者』以外の理由でも、あそこは怪しいかもな」

独り言のように椎名は言った。

「どういうことですか」

覆い被せるように春菜は言った。

「ずいぶん前に聞いた話なんで忘れてたけど、たしかあの場所は間宮と野々村さんがデートしていた場所だったんじゃないかな」

いくらかあいまいな声で椎名は答えた。

「それって、ドンピシャじゃないですか！」

興奮して春菜は答えた。

「そ、そうですか……行ってみてもいいかもしれませんね」

ちょっと引き気味で、椎名は答えた。

腰が動き出しそうになるのを抑えて春菜は質問を続けた。

「黒川青少年野外活動センターって、ここから遠いでしょうか」

うわずった声で春菜は訊いた。

「いいえ、三〇〇メートルか四〇〇メートルくらいですよ。小田急バスの黒川分校下というバス停のところです」

康長が無言で自分のスマホのマップを見せた。

「あ、ほんとだ。バス停の横ですね」

春菜にもバス停の位置がわかった。すぐ近くだ。

「思いあたるのはそれくらいです」

椎名の声には自信が感じられた。

「助かります。ありがとうございました」

あわただしく春菜は電話を切った。

「おい、そこはたぶん、野々村早紀が死んだ森のあたりだぞ。県警の記録には住所しか載っていなかったが……」

スマホを覗き込みながら乾いた声で康長は言った。

春菜もマップを見た。黒川青少年野外活動センターは、黒川青少年の森緑の保全地域という深い森と隣接している。

「それじゃ……」

春菜は息が苦しくなるような錯覚を感じた。

「後追い心中のおそれがある。とにかく急ごう」

康長は面パトに飛び込んだ。

春菜が助手席に乗ると、エンジンが勢いよく回り始めた。

「おい、赤色灯つけろ」

康長は面パトを始動させた。

「了解っ」

春菜が屋根に吸盤式の赤色灯を貼り付けると、康長はサイレンスイッチを入れた。

面パトはタイヤを鳴らして夜の県道へと飛び出していった。

夜の坂道をサイレンとともに面パトは疾走していく。

県道には先行車も対向車もほとんどいなかった。

康長は急にサイレンを切った。

「間宮を刺激したくないんでな。赤色灯ももういいだろう」

春菜は赤色灯を屋根から外して車内に引き込んだ。

「やっと気づいたんですけど、今日って七月二八日ですよね」

言葉を発する春菜は全身が震えた。

「そうだが？」

「野々村早紀さんの命日じゃないでしょうか」

「やっぱり後追いか……」

うめくように康長は言った。

右手を見ると、黄色い看板に黒川青少年野外活動センターとの白文字が記されている。

道路の反対側には小高い丘に続く舗装路がある。
康長はクルマの鼻先を舗装路に向けた。
面パトを乗り入れると、すぐに車止めが設けられていた。
春菜たちは面パトから下りて、坂道を駆け上がった。
目の前に広々とした視界がひろがった。
一本の街灯のおかげで意外と明るい。
「いた……」
春菜はのどの奥でうなった。
三〇メートル四方くらいの広場は、分校時代のグラウンドに違いない。
左手に緑豊かな大楠の木がそびえている。
その太い枝に縄を結んで、首に掛けた男の姿が目に飛び込んできた。
「くそっ」
康長はジャケットの内側に隠したホルスターから拳銃を引き抜いた。
「浅野さんっ……」
銃の使用は避けたいが、手をこまねいていれば男は死ぬ。
男は足もとの木の台を蹴飛ばした。

ダァーンという炸裂音が響き渡った。

縄は根元の部分で切れた。

「うわっ」

叫び声とともに男はドサッと地面に叩きつけられた。

「来るなっ」

立ち上がった男は激しい声で叫んだ。

顔が激しく歪んでいる。

間違いない。写真で見た間宮康隆だ。

「来たら死ぬ」

間宮の右手にちいさなキャンプナイフが光っている。

刃渡りは三センチくらいだ。

武器としては頼りないが、頸動脈に当てて引き切れば間宮は一巻の終わりだ。

間宮はそろそろとナイフを自分の首もとに当てた。

「俺は早紀のところに行くんだ。邪魔しないでくれ」

甲高い裏返った叫び声が響いた。

「県警の細川春菜といいます。ナイフを捨てて」

少しずつ近づいて、春菜は間宮に呼びかけた。

「捕まえに来たんだろ。俺が相木昌信を殺した。だが、俺はあんたたちに捕まらないところに行くんだ」

開き直ったような口調で、間宮はいきなり相木監督殺しを自供した。

もはや隠すことはない……その意思表示はとても危険だ。

「ね、あなたはミクラスの恨みを晴らしたんでしょ」

春菜は抑えた声音で呼びかけた。

「晴らしたさ。だから、もう思い残すことはないんだ」

喋りながらも間宮の声は震えていた。

「そんなことはない」

春菜は一方的に決めつけた。

「なんだって？」

裏返った声で間宮は訊いた。

「だって、そうでしょ。あなたが死んだら、早紀さんが苦しんだことを本当に知っている人はいなくなる」

春菜は間宮の瞳を見つめて言った。

間宮の瞳は春菜を強くにらみ返していた。

「そりゃそうさ。早紀の苦しみは俺以外誰も知らないんだ」

唇を歪めて間宮は答えた。

「じゃあ、誰が早紀さんの苦しみを伝えてゆくのよ」

問い詰めるように春菜は訊いた。

「それは……」

間宮は言葉を失った。

「わたしに教えてよ。早紀さんがどんなに苦しんだのか」

落ち着いた声音で春菜は言った。

「え？」

意表を突かれたように、間宮は素っ頓狂な声を出した。

「教えてよ。早紀さんの苦しみを」

春菜は真剣に繰り返した。

間宮の瞳が揺らいだ。

「詳しいことは椎名さんも知らなかった」

気持ちを通じさせようと、春菜は必死に喋った。

「椎名のところにも行ったのか」

間宮はのどの奥でうなった。

「そうだよ。でも、あの先生だってなにも知らないみたいだった」

春菜の言葉に、間宮はうなずいた。

「早紀の苦しみを知っているのは、俺だけだよ。すべてはあいつのせいだ」

吐き捨てるように間宮は言った。

春菜は間宮のナイフの状態を監視し続けている。

なかなか首元から離れてはくれない。

「わたしね、ある人から聞いたんだけど、相木監督は紳士的な人だったって……」

おだやかな声で春菜は言った。

「そうだよ。別に怒鳴りつけたり、罵ったりしたわけじゃない。だけど、早紀は相木に批判されてからどんどんおかしくなったんだ」

つらそうに間宮は言った。ナイフはまだ首に当てたままだ。

「最初は宇宙船だ」

独り言のように間宮はぽつりとつぶやいた。

「宇宙船ですって？」

　春菜は裏返った声で訊いた。

「この丘からたくさんの宇宙船が見えたって。宇宙人が襲ってくるって冗談交じりに早紀は言ってた」

　暗い声で間宮は言った。

「妄想が襲ってきたの？」

　春菜の言葉に間宮がかすかに首を横に振った。

「妄想はなかったよ。視覚異常だ。ふつうの飛行機のライトが一円玉くらいに見えるって言ってた。人間は脳で物を見るんだ。だから、脳の調子がおかしくなると、物の見え方もとんでもないことになる。そんな視覚異常が早紀を苦しめた」

　こころの乱れが早紀の場合は身体的症状……とくに感覚神経の異常に表れたらしい。

「閃輝暗点《せんきあんてん》って知っているかい？」

　間宮は春菜の目を見て訊いた。

「知らない」

　はじめて聞いた言葉だ。

　素直に知らないと言うしかなかった。

「視界のなかにキラキラ、ギザギザした模様がいきなり現れるんだ。それも派手に激しくね。

誰だって目がおかしくなったと思う。だが、これは脳血管の異常だ。ゆっくり休めば治るのがふつうだ。早紀は三ヶ月も毎日のように閃輝暗点に襲われた。読むことも書くこともできない。芥川龍之介の遺稿である『歯車』に出てくる『絶えずまはつてゐる半透明の歯車』ってのは閃輝暗点だったという説もあるんだ」

苦しげに間宮は言った。

おぼろげな記憶だが、『歯車』の最後は『誰か僕の眠つてゐるうちにそつと絞め殺してくれるものはないか？』というような文章だった気がする。

春菜は背中に冷たいものを感じた。

「次に彼女を苦しめたのは聴覚異常だった。隣で寝ていると、夜中にはね起きるんだよ。『恐竜戦車が通る』って怯えるんだ」

つらそうに間宮は言った。

「恐竜戦車って？」

もちろん春菜は聞いたことがない。

「セブン二八話の『７００キロを突っ走れ！』に出てくる怪獣さ。実は前の県道を大型トラックが通り過ぎただけのことなんだよ。それが早紀には巨大な恐竜戦車の轟音に聞こえるんだ。これは聴覚異常さ」

間宮は眉間に大きなしわを寄せた。

「こわい」

春菜はつい本音を口にしてしまった。

「そう。考えただけでこわいよね。それから耳の奥でポッポッポッと鳴る音がだんだん大きくなると言ってはね起きるんだけど、これは新聞配達のスーパーカブのエンジン音さ。その小さな音が寝ている彼女には耐えがたいほどの大きな音に聞こえてガマンできないんだ。きちんと覚醒すると、本人もふつうの音に聞こえるそうだ。半覚半睡のときだけ脳が誤った増幅をするらしい。だから余計に苦しいんだ」

「病院には行ってたんでしょ？」

すでに確認できていることを春菜は訊いた。

「心療内科に通って投薬治療も受けていた。だが、ちっとも効かなかった。睡眠導入剤を飲んでもなかなか眠れないから、こっそり溜め込んだ。そう、ウルトラの星に帰るためにね。早紀は『わたし壊れちゃったの？』って何度も訊いてきた。僕は『疲れてるだけだからゆっくり休もう』って言って、散歩やハイキングにつきあった。この広場にも何度も来たよ。最後は『助けてください、お願いです、助けてください』って土下座みたいな恰好して何時間も僕に頼み続けるんだよ。ふだんは使わない言葉づかいをするから、よけいにかわいそうでね」

ひどく淋しげに間宮は言った。

春菜は返す言葉がなかった。

「アンヌ。僕は、僕はね、人間じゃないんだよ。M78星雲から来たウルトラセブンなんだ！」

とつぜん芝居がかった口調で間宮は言った。

「どうしたの？」

驚いて春菜は訊いた。

「僕も疲れて、ウルトラの星に帰りたくなった。そんな気持ちを最後に早紀に言ってしまったんだ」

間宮は歯噛みした。

「そうだったの、あなたはミクラスだと思ってた」

あえて気楽な調子で春菜は言った。

「たしかに早紀は俺のことを『ミクラス』って呼んでた。俺はいざというときに早紀の代わりに戦わなきゃいけなかったんだ。最後に言った言葉で早紀を追い詰めてしまったのかもしれない」

ひどく淋しそうな声で間宮は言った。

「だから、あの現場にもミクラスのカプセルを持って行ったのね」

やわらかい声を作って春菜は訊いた。

「そうだよ。どうしてもミクラスが相木を処刑しなきゃならなかったんだ」

沈んだ声で間宮は答えた。

「ミクラスはなぜ、今夜、死ななきゃならないの」

春菜は必死の思いで訊いた。

「早紀の命日だからさ……今日まではあんたたちに捕まりたくなかった」

力なく間宮は答えた。

間宮の覚悟は危険だ。

「それでミクラスのカプセルには指紋をつけないようにしていたのね」

思わず春菜は訊いた。

「そうさ……俺は今日まで生きなきゃならなかった。俺はもう疲れてしまった。早紀はウルトラの星に帰った。ミクラスは消えることにするよ」

間宮は右手に持ったナイフを一度離すとふたたび首に当てた。

「細川さん、話を聞いてくれてありがとう。さよなら」

春菜の額からドッと汗が噴き出した。

間合いはおよそ三・五メートル。

「死んじゃダメっ」

春菜は気合いを入れて跳んだ。

風のうなりとともに、春菜は一挙に間宮の目の前に着地した。

春菜はナイフを握る間宮の前腕を、右手の拳で力いっぱいはたいた。

「ぐえっ」

叫ぶ間宮はバランスを崩してひっくり返った。

ナイフが宙に舞う。

砂地にナイフが突き刺さって街灯の灯りに光った。

ひっくり返った間宮は座り込んだような姿勢になった。

春菜は広場に仁王立ちしていた。

「まかせろっ」

康長は叫ぶなり、間宮に前面から迫ると右腕をねじ上げた。

「騒ぐな、力を抜けっ」

一瞬にして間宮はおとなしくなった。

「一緒に来てもらえるな」

康長は静かに言った。

うつむいた間宮は、無言でうなずいた。

春菜は座り込んだままの間宮に歩み寄った。

「あなたは死んではいけない。早紀さんの苦しみを知っているのはあなただけなのよ。あなたが死んだら、野々村早紀さんは誰の記憶からも消えてしまう」

諭すように春菜は言った。

間宮は返事をしなかった。

「それに……早紀さんが残したあの博士論文は完成されるべきじゃないの？」

春菜はいくらか厳しい声で、間宮に問うた。

「俺は研究者じゃない。素人だ」

半分泣くような声で、間宮は答えた。

「じゃあ、専門家になりなさい。早紀さんの遺志を受け継ぐのよ。あなたはミクラスなんだから」

春菜はやわらかな口調で言った。

間宮はうなだれた。

遠くからサイレン音が近づいて来る。
拳銃の発射音を聞いて通報した住民がいるに違いない。
間宮は肩を震わせて泣き続けていた。
春菜の気持ちは暗かった。
見解の相違が引き起こした惨劇の結末は、あまりにも悲しいものだった。
こんな事件は二度と起きてほしくない。
こころのなかで、春菜は強く願った。
涼やかな風が、緑の香りを乗せて春菜の全身を吹き抜けていった。

【参考文献】

「ウルトラセブン」の帰還　白石雅彦（双葉社）
「帰ってきたウルトラマン」の復活　白石雅彦（双葉社）
ダンとアンヌとウルトラセブン　森次晃嗣・ひし美ゆり子（小学館）
アンヌ今昔物語　ひし美ゆり子（小学館）
ウルトラマン誕生　実相寺昭雄（ちくま文庫）
星の林に月の舟　怪獣に夢見た男たち　実相寺昭雄（ちくま文庫）
特撮黄金時代　八木毅（立東舎）
東宝空想特撮映画　轟く　1954-1984　小林淳（アルファベータブックス）

【謝辞】

本作の執筆に当たって、円谷プロ作品についての卓越したご研究を進めていらっしゃる映画評論家の白石雅彦先生に多大なご示唆を頂きました。
お忙しいなか、貴重なお時間を頂戴し、直接お話を伺える幸せな機会を得られました。
ここに篤く御礼申しあげて、感謝の気持ちに代えさせていただきます。

この作品は書き下ろしです。本作には実在の人物・団体が登場しますが、架空の人物・団体を織り交ぜたフィクションです。

神奈川県警《かながわけんけい》「ヲタク」担当《たんとう》　細川春菜《ほそかわはるな》7

哀愁《あいしゅう》のウルトラセブン

鳴神響一《なるかみきょういち》

令和6年7月15日　初版発行

発行人――石原正康
編集人――高部真人
発行所――株式会社幻冬舎
〒151-0051東京都渋谷区千駄ヶ谷4-9-7
電話　03(5411)6222(営業)
　　　03(5411)6211(編集)
公式HP　https://www.gentosha.co.jp/
印刷・製本―株式会社　光邦
装丁者――高橋雅之

検印廃止

幻冬舎文庫

ISBN978-4-344-43397-7　C0193　　な-42-12